아르판

〈K-픽션〉 시리즈는 한국문학의 젊은 상상력입니다. 최근 발표된 가장 우수하고 흥미로운 작품을 엄선하여 출간하는 〈K-픽션〉은 한국문학의 생생한 현장을 국내외 독자들과 실시간으로 공유하고자 기획되었습니다. 〈바이링궐 에디션 한국 대표 소설〉 시리즈를 통해 검증된 탁월한 번역진이 참여하여 원작의 재미와 품격을 최대한 살린 〈K-픽션〉 시리즈는 매 계절마다 새로운 작품을 선보입니다.

This 〈K-Fiction〉 Series represents the brightest of young imaginative voices in contemporary Korean fiction. Each issue consists of a wide range of outstanding contemporary Korean short stories that the editorial board of *Asia* carefully selects each season. These stories are then translated by professional Korean literature translators, all of whom take special care to faithfully convey the pieces' original tones and grace. We hope that, each and every season, these exceptional young Korean voices will delight and challenge all of you, our treasured readers both here and abroad.

아르판
Arpan

박형서 | 김소라 옮김
Written by Park hyoung su
Translated by Sora Kim-Russell

K

ASIA
PUBLISHERS

Contents

아르판
Arpan

입국 게이트를 빠져나와 두리번거리는 아르판을 보았을 때 내 가슴속에는 십여 년 전 앓았던 미친 열정과 두 개의 산에 도사린 막막한 어둠이 제일 먼저 떠올랐다. 송진으로 시커멓게 물든 밀림, 그리고 밤마다 훔쳐보던 저 갸우뚱한 집을 배경으로.

　"도샤, 도미알라."

　와카의 인사말을 들은 그가 내 쪽으로 몸을 돌렸다. 입을 짝 벌리며 웃는 바람에 어떤 주름은 펴지고 어떤 주름은 깊어졌다. 예상보다 늙긴 했으나 여전히 장난기 가득하고 여유로운 인상이었다. 천천히 걸어오며 부드러운 비음으로 인사를 받았다. 도샤, 도미알라. 우리는

When I saw Arpan enter the arrivals hall and be-gin to look around, the mad passion that had plagued me all those years ago and the impenetra-ble darkness that had wrapped around those two mountains immediately came to mind. In the back-ground—dense jungle stained black with resin and that slanted house I'd secretly gazed out at every night.

"Doh chaw, doh meeh ah loh."

Arpan turned when he heard me greet him in Waka. As his face widened into a grin some of his wrinkles flattened out while others deepened. He looked older than I'd expected, but he appeared as relaxed and playful as ever. He walked over to me

와카의 방식대로 손을 마주 잡은 채 눈을 가늘게 떴다. 아르판이라는 이름만으로도 가슴이 뛰었다. 그를 똑똑히 기억하지만 말을 걸어본 건 처음이다. 그를 본 적은 많지만 인사를 나누는 건 처음이다. 갸우뚱하게 선 자세였음에도 눈을 맞추려면 한참을 올려다보아야 할 만큼 키가 컸다. 돌이켜보면 와카의 사람들은 하나같이 체구가 대단했다.

아르판은 공항의 경관에 깊은 감명을 받은 모양이었다. 와카의 마을에 처음 갔을 때의 내 심정도 그랬다. 부족 이름인 '와카'는 그들의 말로 '높다'라는 의미다. 그 뜻처럼 태국과 미얀마 접경 고산 지대에 사는 그들의 자부심은 순전히 높이에 있었다. 와카에서 부자는 넓은 밭이 아니라 키가 큰 가옥을 소유한 사람이었다. 양이 아니라 곡식을 아슬아슬하게 쌓아 올린 높이로 수확의 풍요로움이 가늠되었다. 공동체 내에서의 지위 역시 방석을 얼마나 교묘하게 높이 쌓아 깔고 앉는가에 따라 구분되었고, 심지어는 결혼 예물까지도 신부가 죄다 머리에 쌓아 올려 시집으로 운반했다. 한국에 온 아르판을 압도한 건 공항이 가진 물리적 높이겠지만, 와카의 땅에서 내가 압도당한 건 높이를 향한 집요한 동경이었

slowly and greeted me in a soft nasal voice. *Doh chaw, doh meeh ah loh.* We took each other's hands and squinted at each other, Waka-style. His name alone made my heart race. Though I'd remembered him clearly, it was the first time we'd ever spoken. I'd seen him before but had never greeted him face to face like this. He was so tall that even when he leaned over, I still had to look up, way up, to meet his eyes. Looking back on it now, all of the Waka were of a similarly impressive build.

Arpan seemed struck by the sight of the airport. I'd felt the same way the first time I visited a Waka village. Waka, the name of their tribe, meant "tall." A hill tribe that lived at high altitudes on the border between Thailand and Myanmar, the Waka had always prided themselves on their height. For the Waka, a rich person was not someone with vast stretches of land but someone who owned a towering home. The abundance of one's harvest was not judged in volume but by how high the grain had been perilously stacked and piled. A high position within the community was likewise signified by a seat atop a skillfully stacked tower of cushions, and even wedding gifts were transported to the in-laws' home in a towering stack atop the bride's head. What must have overwhelmed Arpan

다. 험준한 산악 지대에 사는 것으로도 모자라 스스로를 산으로 만드는 사람들에 대한 호기심이 이십 대의 나를 그 땅에 머물도록 만들었다.

아르판에게 배정된 숙소는 번화가에 자리 잡은 호텔이었다. 멀미를 하는지 안색이 창백해 보였다. 괜찮냐고 묻자 문제없다는 대답이 돌아왔다. 문제없다, 친구, 난 괜찮다. "도샤, 셰제이 망느."

셰제이 망느, 십여 년 전에 많이 써본 말이었다. 와카의 사람들은 나를 볼 때마다 괜찮냐고 물었고, 그러면 나는 버릇대로 '셰제이 망느'를 중얼거렸다. 실은 전혀 괜찮지 않았다. 와카의 영토는 이방인에게 있어 혹독할 정도로 무료한 곳이었다. 텔레비전도 없고 신문도 없었다. 전기도 없고 전화도 없었다. 와카족은 새벽에 일어나 밭일을 나가거나 무언가를 높이 쌓아 올렸다. 그러다 저녁이 되면 거처로 돌아와 멸망처럼 깊은 잠을 잤다. 아무렇지 않은 일상에 대한 그토록 성실한 답습이 내겐 너무 낯설었다. 당시 나는 '미슈'라는 이름을 가진 노파의 집에서 잔심부름을 하며 머물러 있었는데, 그건 지금 생각해 보면 의외의 선택이다. 왜 나는 인생에 단 한 번밖에 찾아오지 않는 그 뜨겁던 청춘의 시간을 자

upon arriving in Korea was the physical height of
the airport, but what had overwhelmed me while
on Waka land was their stubborn longing for
height. Back in my twenties, my curiosity towards
these people, who'd long remained dissatisfied
with merely living in dizzying, mountainous regions
and so had to make mountains of themselves as
well, had driven me to live among them.

Arpan was staying in a hotel near Gwanghwa-
mun in downtown Seoul. His face was pale. He
must have been feeling motion sick. When I asked
him if he was okay, he replied, No problem, friend,
I'm fine. *"Doh chaw, she je mah."*

She je mah. Ten years ago, I'd used that phrase
often. Every time the Waka saw me, they would ask
me if I was okay. Out of habit I would mumble, *She
je mah.* But in truth, I was not okay. Where the
Waka lived was intensely boring for foreigners.
There was no television, no newspapers. No elec-
tricity and no telephones. The Waka rose at dawn
and either left for work in the fields or kept busy
stacking miscellaneous items. When night fell, they
returned to their houses and slept like it was the
end of the world. Their faithful adherence to this
unremarkable routine was completely unfamiliar to
me. At the time, I was staying with an old woman

극이라곤 손톱만큼도 찾아볼 수 없는 오지의 적막 속에서 보냈단 말인가. 어쩌면 그건 거꾸로, 내가 그즈음 막 작가로 데뷔하여 과도한 열정에 휩싸였던 탓일지 모르겠다. 남과 다른 삶, 남과 다른 생활이 바로 예술가의 임무기 때문이다. 설령 그 길이 세상 모든 사람들이 걸어가는 반대쪽이라 할지라도, 초월에 대한 갈망은 주저 없이 직진의 발걸음을 내딛게 만든다. 다만 견딜 수 없이 외로운 날이면 인적이 드문 산에 올라 눈물이 나올 때까지 소리를 질렀다. 한국에 남겨두고 온 친구들 이름을 부르며 마을의 이쪽 끝에서 저쪽 끝으로 개새끼처럼 뛰어다니기도 했다. 그 구불구불한 길은 거창한 공동의 계획이 아니라 그저 모두들 건기의 황혼을 잘 볼 수 있는 쪽으로 집을 짓다 보니 저절로 생겨난 것이었다.

아르판이 여행의 때를 씻는 동안 나는 창가에 놓인 테이블에 앉아 기다렸다. 들려오는 물소리로 보아 욕실 기구들의 사용법에 애를 먹는 듯했다. 그럼에도 굳이 노크를 하고 들어가 이러쿵저러쿵 참견하지 않은 건, 그게 와카의 방식이기 때문이었다. 나 또한 와카에 있을 당시 갓난아기와 다름없는 무기력한 존재였다. 영어가 먹히지 않아 벙어리마냥 몸짓으로만 대화를 해야 했

named Michu whom I was assisting by performing small errands for her. When I think about it now, the whole thing is a mystery to me. How did I wind up spending the prime of my youth in a backcountry shack without any form of stimulation? Maybe, conversely, it was because I had just debuted as a writer and was filled with passion. It was the duty of an artist to live a life that was different from others, to pursue a lifestyle unlike anyone else's. Though that path lay opposed to the one everyone else in the world followed, my longing for transcendence steered my feet straight there. Of course, when the loneliness became too much to bear, I climbed deserted mountaintops and screamed until the tears came. I called out the names of the friends I'd left behind in Korea, and scampered like a dog from one end of the village to the other. The winding path that led through the village was not the result of some grand communal plan but had simply taken shape over time. Everyone had simply built their houses wherever they could get a good view of the setting sun during the dry season.

While Arpan showered off the dust of his travels, I sat at a table next to the window in his hotel room and waited. Judging from the erratic water sounds coming from the bathroom, he was having

으니 말이다. 드물게 버마어를 하는 사람도 만났고 타이어를 하는 사람도 만났으나, 버마어나 타이어나 내겐 와카의 말과 똑같은 외계 언어였다. 의사소통이 되지 않아 보름가량을 헤매고 난 뒤 어쩔 수 없이 그들의 말을 배우기 시작했다. 와카의 언어는 유음(流音)이 강한 버마어, 파열음이 강한 타이어와 구별되는 독특한 발음을 지니고 있었다. 그걸 비음이라고 해야 할까, 혹은 이마에서 공명하는 두음이라 해야 할까. 아무튼 감기에 걸리면 훨씬 좋아지는 그런 종류의 발음이었다. 집주인, 칠순이 넘은 노파 미슈가 선생 노릇을 해주었다. 교재는 그녀의 집에 있던 책 달랑 한 권이었다. 손으로 직접 써서 마 끈으로 엮은 것이었는데, 그 종이 뭉치야말로 와카들에게도 문자가 있다는 유일한 증거였다. 나는 미슈가 잔기침을 섞어가며 한 말을 잊지 못한다.

예전에는 있었지. 하지만 이젠 없어. 누구도 우리 글자를 쓰지 않아. 저기 산 두 개 너머에 사는 바보 아르판 말고는.

무언가를 쓰는 사람이 산다는 말에 가슴이 뛰었던 건, 나 역시 쓰는 사람이기 때문이었다. 그를 만나보고 싶었다. 그래서 물었다.

trouble using the fixtures. Nevertheless, I refrained from knocking on the door to show him how things worked; his struggles were the Waka way. When I lived with the Waka, I was as helpless as a newborn baby. Since they didn't understand English, I'd had to communicate using mostly body language, as if I were a mute. Once in a blue moon, I'd run across someone who spoke Burmese or Thai, but both those languages were as alien to me as Waka itself. After struggling mightily for two weeks because of my total inability to communicate, I had no choice but to start learning their language. Waka has a distinct sound, different from both Burmese with its strong liquid consonants and Thai with its strong plosives. I'm not sure if I should call it nasal, or if I should call it sinal instead. The sound reverberates behind the forehead. At any rate, it's the kind of language where pronunciation is much improved by catching a cold. My teacher was a seventy-year-old woman named Michu. As far as textbooks went, she had only one book in her house. She'd written it herself and had bound it with hemp twine. That sheaf of paper was the sole proof that the Waka had a written language.

I will never forget her raspy words:

Of course we used to have a written language. But now

저기 산 두 개 너머에 뭐가 있는데?

가는 길을 잃을까 봐 눈에 띄는 지형지물을 물어본 것이었으나, 그 뜻을 이해하지 못했는지 아니면 다른 어떤 이유가 있던 건지 미슈가 내 팔뚝을 꼭 붙들었다.

저기 산 두 개 너머? 바보야, 거기엔 아무것도 없어.

아르판을 쉬게 한 뒤 호텔을 나와 향한 곳은 인사동의 찻집이었다. 먼저 도착해 기다리고 있던 세 명의 기자 앞에서 '제3세계작가축제'의 취지에 대해 설명했다. 미리 정리해 온 내용을 일방적으로 설명했기 때문에 우리의 인터뷰는 이런저런 질의응답까지 합쳐 반 시간을 넘지 않았다. 그럼에도 나는 어쩐지 그 자리의 삼인칭이 된 기분이었다. 집에 돌아와 잠들기 전, 행사에 초대받은 아홉 개 나라 혹은 소수민족의 작가들과 달리 유독 아르판을 소개할 땐 애매한 적의를 드러낸 것 같아 후회됐다. 진심이 아니었다. 나는 아르판을 세상 누구보다 사랑한다. 하지만 그 사랑의 이면에는 형언할 수 없는 증오 역시 도사리고 있음을 부인할 수 없다. 어쩌면 그것은 극복할 수 없는 원전(原典)을 향한 후대의 혐오와 비슷한 것일지 모른다. 문학의 진화는 바로 거기서 비롯되었기에, 그 적의는 한편으론 시적(詩的)이다.

we don't. No one uses our alphabet anymore. Well, except for that fool Arpan who lives on the other side of those two mountains.

Naturally, my heart raced at the thought that someone out there was writing something, because I, too, was a writer. I wanted to meet him.

What lies over those mountains? I'd asked.

What I meant by the question was whether there were any notable landmarks that would help me find my way to Arpan's home, but she must not have understood me. Or maybe she had other reasons because she squeezed my arm tight.

Over those mountains? There's nothing over there, you fool.

I left the hotel so Arpan could get some rest and headed for a teahouse nearby in Insadong. There, I met three reporters who had already arrived and were waiting for me. I explained to them the purpose of the Third World Writers Festival. I'd already prepared what I was going to say and rattled it off directly. Even with their questions, the interview took no longer than half an hour. I felt like I was speaking in the third person the whole time.

After I returned home and went to bed, I regretted the fact that I might have shown a little animosity towards Arpan, in contrast to the writers

나는 아르판이 호텔 방에 갇혀 어쩌고 있을까 상상해 보았다. 내가 와카의 땅에 머물 때 그랬듯이 그도 새우처럼 누워 무위를 발명하고 있을까? 그럴 것 같았다. 아르판은 내가 상상하는 그대로 행동할 것 같았다. 어쩐지 그의 마음을 속속들이 아는 것처럼 느껴졌다. 그 이유는 아마도 내가 그의 문장을 통해 와카의 말을 배웠기 때문이리라. 나는 아르판의 책을 달달 외웠다. 처음부터 끝까지, 이야기를 구성하는 문장 하나하나를 그야말로 전부 외웠다. 내가 아는 와카의 언어는 곧 아르판이었다. 생각이 거기까지 미치자 이번에는, 그의 마음을 안다는 게 착각일지 모른다는 의심도 들었다. 세상의 모든 독자가 가진 착각 말이다. 작가와 독자 중에서 상대를 장악하는 것은 독자가 아니다. 독자는 작가가 주는 정보만을 습득한다. 상대의 마음을 들여다보고 이해하고 조종하는 건 오히려 작가 쪽인 것이다. 하지만 주도권이 누구에게 있건, 우리의 대화 자체는 의심할 여지없이 편하고 자연스러웠다. 웃음 속에서 서로의 행간과 어의가 부드럽게 교통했다. 와카의 느낌으로 마음이 말랑말랑해진 건 실로 오랜만이어서, 나로서는 불면의 끝에 다다라 노파 미슈를 떠올릴 수밖에 없었다.

from the other nine countries, or rather, ethnic mi-
nority groups. That wasn't really how I'd felt. I
cared more about Arpan than anyone else in the
world. Still, I couldn't deny the fact that lurking on
the other side of that love was an indefinable ha-
tred. Maybe it was similar to the hatred that later
generations feel towards an unconquerable origi-
nal. Given that literature evolved from that same
place, it is, on the one hand, a poetic animosity. I
tried to picture what Arpan might be doing locked
up in his hotel room. Was he curled up like a
shrimp, inventing his own sort of idleness, like I
had done while staying with the Waka? That's
probably what he was doing. He would probably
be behaving exactly as I imagined it. I felt that I
knew him through and through—probably because
I'd learned the Waka language through his writing. I'
d memorized all of his books. And I mean all of
them—every last sentence that composed his sto-
ries, from start to finish. The Waka language that I
knew was, in fact, Arpan's. But when I reached that
point in my ponderings, I started to doubt myself.
Maybe I was deluding myself into thinking I under-
stood him. It is, after all, a delusion shared by all
readers. Between the writer and the reader, the
reader isn't the one who dominates. The reader

그날 밤 꿈에서 나는 미슈와의 마지막 순간을 몇 번이고 되풀이하여 보았다. 칠 대를 거쳐 내려왔다는 와카의 전통 예복을 입고서 미슈가 마당을 걷는다. 늙어 허리가 굽은 노파지만 여전히 호리호리하고 훤칠하다. 각양각색의 동전을 매단 상의가 짤랑거린다. 사뿐사뿐 걸을 때마다 스프링 모양으로 꼬아놓은 바지의 솔기가 흔들거린다. 화려하게 치장된 보석과 동전들이 서로 부딪혀 경쾌한 소리를 낸다. 압권은 은과 철과 각종 패물과 가공이 덜 된 보석들이 산더미처럼 쌓인 전통 모자다. 그녀의 키와 맞먹는 높이로 머리에 얹혀 있다. 저건 빠르게 도는 팽이인가, 아니면 커다란 물동이를 인 아낙인가. 기예단의 묘기를 보는 기분이다. 땀을 뻘뻘 흘리면서도 미슈는 행복하게 웃는다. 나를 보며 웃는다. 아니, 내 뒤의 허공을 보며 웃는다. 시선은 점점 위쪽으로 옮겨진다. 빠르게 위로 향한다. 와카의 높은 하늘을 향해 고정된다. 그리고 나는 울음을 터뜨리는 것이다.

행사가 시작되는 건 오후 한 시지만, 새벽잠을 설쳤다는 핑계로 오전 열 시도 되기 전에 호텔에 들렀다. 기름진 아침 식사로 탈이 난 아르판이 화장실에서 끙끙대는 동안 나는 테이블에 놓인 책들을 찬찬히 살펴보았다.

merely acquires the information given to her or him by the writer. The one who peers into the other and understands him and controls him is, in fact, the writer. But regardless of who was in control, our conversation had been, undoubtedly, comfortable and natural. We'd smiled and laughed; we understood the meaning of each other's words and we read between the lines of each other's sentences. It had been so long since I'd spoken the language with anyone that my heart went soft and I ended up awake most of the night reminiscing. Of course, I couldn't help thinking about Michu, too.

That night, I dreamt about my final moments with Michu. She was walking around the courtyard dressed in traditional ceremonial clothing that had been passed down for seven generations. She was still tall and willowy, despite being an old woman and bent over at the waist. Her jacket jingled with the many different coins sewn to it. The seams of her pants, which were twisted like springs, bounced with each soft step. The colorful ornaments of coins and gems gave off a pleasing sound as they clinked against each other. *The pièce de résistance* was her traditional hat, stacked high with silver and iron and trinkets of all kinds and unprocessed gems. The hat was as tall as she was. Was

내게도 하나 있는, 수없이 많은 밤에 빠져들었던, 쫓겨
나듯 와카의 땅을 떠날 때 품에 지녔던 바로 그 책과 똑
같은 세 권이었다. 초청장을 받은 뒤 종이를 구해 저걸
일일이 쓰고 묶느라 며칠 밤을 지새웠을까. 남에게 제
이야기를 들려준다는 건 마약과 같은 작업이어서, 얼마
나 많은 시간과 에너지가 소용되는지 따위는 관심 밖이
다. 어쩌면 그건 성욕과 다를 바 없을지 모른다. 번식이
육신의 DNA를 보존하려는 욕망의 소산이라면, 예술은
정신의 DNA를 남기려는 욕망의 소산이기 때문이다.

그러나 정성이야 어떻건 간에 그 종이 뭉치를 그대로
독자들에게 나눠 줄 순 없었다. 나는 들고 온 중간 두께
의 책자를 아르판에게 보여주었다. 거기에는 동남아의
지도와 와카족을 둘러싼 국제역학적 갈등, 그들이 지닌
고유한 문화가 아르판의 문학 세계와 함께 한국어로 적
혀 있었다. 아르판의 책 몇몇 페이지를 정밀하게 스캔
한 사진도 들어 있었다. 모두 내 스스로 오랜 시간 공들
여 정리한 내용이었다. 한 장 한 장 넘기는 아르판의 눈
이 휘둥그레졌고, 나는 그에게 미안함을 느꼈다.

몽골에서 온 시인의 행사가 끝나 행사장이 어수선해
졌다. 스무 권가량의 시집에 서명을 해 한국 독자들에

she a spinning top? A woman carrying a large water jar? It was like watching a team of acrobats. She smiled happily despite the sweat that poured off of her. She looked at me—or rather, past me—and smiled. Her gaze traveled upwards. Quickly. It stopped on the great Waka sky. That's when I burst into tears.

The festival was not scheduled to begin until one in the afternoon, but I stopped by Arpan's hotel before ten in the morning, explaining that I had been up most of the night. He was feeling sick from the greasy breakfast he'd just eaten. While he groaned in the bathroom, I examined the books on his table. They were the exact same three books I owned, that I had spent countless nights engrossed in, and that I'd been carrying in my arms the day I left the Waka' feeling like a cast-out. I wondered how many sleepless nights he'd had upon receiving his invitation to the festival, searching for paper, rewriting the books one by one, and then binding them by hand. Telling stories is like a drug—you couldn't care less how much time it takes or how much energy you have to spend. It's probably no different from sexual desire. If breeding is the product of one's desire to preserve physical DNA, then art is that of one's desire to preserve spiritual

게 팔았다. 왕복 사천 킬로미터 여정의 대가였다. 이백 킬로미터마다 한 권이니, 퇴장할 때까지 수심 가득한 인상은 단지 폼을 잡으려는 것만이 아니었던 모양이다. 하지만 무얼 바란단 말인가? 나착도르치 문학상 받은 몽골 시인 한 명 오셨다고 한국 독자들이 구름처럼 몰려들기를 기대했다면 그놈이 미친놈이다.

우리 차례였다. 준비된 책자를 앞에 놓고 나란히 앉았다. 내가 먼저 마이크를 잡고는 이십여 분에 걸쳐 와카 족의 마을에서 지낸 경험, 독특한 풍습, 그곳에서 글을 쓰는 아르판에 대하여 설명했다. 여러 차례 플래시가 터지고 간간이 감탄사도 흘러나왔다. 정말로 감탄한 게 아님을 알기에 고마웠다. 이어 지정된 부분을 아르판이 직접 와카의 말로 낭독하는 순서였다. 그가 물을 한 모금 마신 뒤 긴장된 목소리로 한 줄 한 줄 읽어나갔다.

여기저기서 웃음이 터져 나왔다. 비강을 돌아 나오는 와카의 언어는 성대가 노쇠해진 늙은이에게 어울리지 않았다. 처음 들었다면 나 역시 웃었을지 모른다. 내 기분을 상하게 만든 건 그러니까 웃음 자체가 아니라 웃음의 이면에 도사린 무자비한 우월감이었다. 낭독의 와중에 터져 나온 공격적인 조소는 아르판의 발음보다 위

DNA.

But regardless of how devoted he was, it was impossible for him to get that bundle of papers out to more readers. I showed Arpan the copies of the thick booklet I'd brought. They contained a map of Southeast Asia with a history of the international conflicts surrounding the Waka people, and accompanying this was an explanation of their unique culture as well as excerpts of Arpan's own writing, all printed in Korean. They also included detailed scans of several pages from his books. I've assembled all of it myself over many hours of hard work. Arpan's eyes widened as he turned the pages, and I felt sorry for him.

When the poet from Mongolia finished his reading, the attendees of the event hall dispersed in all directions. The poet only sold twenty copies of his autographed poetry collection. That was his reward for making the four thousand-kilometer round trip. At one copy for every two hundred kilometers, I figured the worried look on his face when he left hadn't been exaggerated. But what had he expected? He was crazy if he thought people were going to gather like clouds over just one poet and winner of the Natsagdorj Literature Award coming to Korea.

쪽, 와카의 문화를 직접 겨냥하고 있었다. 그 무례함은 오 분에 걸친 낭독이 끝나고 독자와의 대화 순서가 되자 더욱 심해졌다. 질문들은 대충 이랬다―당신 종족에게도 책을 읽을 여유가 있는가. 책을 씀으로써 매달 평균 얼마의 수입을 얻는가. 자라는 아이들에게 부족의 문자를 가르치는가, 혹은 이웃한 태국이나 중국, 혹은 미얀마의 글자를 가르치는가. 차라리 과학적이고 우수한 한국어를 가르칠 생각은 없는가.

낮이 달아올랐다. 산 두 개를 넘던 오후는 몹시 더웠다. 등 뒤로 땀이 줄줄 흘렀다. 제대로 난 길이 없어 군데군데 쌓인 코끼리 똥을 따라 두 시간쯤 걸었다. 아무래도 엉뚱한 방향으로 왔다는 생각에 발길을 돌리려던 찰나, 완만한 분지가 눈에 들어왔다. 그 분지를 둘러싸고 대나무 발로 엮은 가옥 세 채가 서로를 향해 엇비슷한 간격으로 늘어서 있었다. 두 채는 그럭저럭 균형을 유지하고 있었지만 나머지 하나는 갸우뚱하게 기울어진 상태였다. 분지의 가운데쯤엔 안정성과 무관하게 최대한 높이 쌓아 올린 사탕수수 무더기가 있었다. 미슈가 틀렸다. 그곳에도 와카의 방식, 뭐든 높이 쌓는 와카의 문화가 있었던 것이다.

Then it was our turn. We set out the booklets I'd prepared and took our seats next to each other. I took the microphone first and spoke for twenty minutes about my experiences living among the Waka, my impressions of their unique customs, and the writing Arpan had done there. Cameras flashed and some people even oohed and aahed. I knew it wasn't really worth their enthusiastic exclamations, but I was grateful nonetheless. The next step was for Arpan to recite in Waka an excerpt from his work. He took a sip of water and began to read shakily.

Some members of the audience giggled. The nasal tones of Waka were not a good match for the aging vocal cords of an old man. If I had been hearing it for the first time, I might have laughed, too. What offended me, though, was not their laughter but the ruthless sense of superiority that seemed to lurk behind it. The aggressive bursts of derision during his reading were aimed at something higher than Arpan's pronunciation—they were aimed directly at the Waka culture. Their rudeness worsened during the question-and-answer session following his five-minute reading:

Is your tribe illiterate?

How much money do you make on average per

오솔길 초입에 앉아 땀을 말리는 사이, 날이 어둑어둑해지면서 서늘한 밤안개가 내려와 산과 사탕수수 무더기와 세 채의 집을 고아한 잿빛으로 뭉쳐놓았다. 그러던 어느 순간 갸우뚱하게 기울어진 집 안쪽이 은은하게 밝아오는 걸 보았다. 오직 그 한 채뿐, 나머지 집들은 아무 저항 없이 어둠에 스며들고 있었다. 나는 불빛이 새어 나오는 창을 향해 홀리듯 이끌려갔다. 호롱불 등잔 곁으로 가장자리가 매끄럽게 닳은 자그마한 책상이 보였는데, 이제 막 씻고 나온 초로의 사내가 그 앞에 앉아 있었다. 앉아, 세상에서 고작 이백여 명이 말하고 예닐곱 명이 읽는 와카의 문자로 소설을 써 내려가고 있었다. 그에게서 눈을 뗄 수가 없었다. 흐름이 마음에 드는 모양인지 간간히 입가에 미소가 번졌다. 마치 이렇게 말하는 것 같았다.

젠장, 나 되게 훌륭하네.

그 밤, 빛이 지워진 산등성이를 더듬듯 되밟아 돌아오며 이해할 수 없는 황홀에 젖었다. 유성을 닮은 반딧불이 얼마나 시선을 이지러뜨리는지, 아기의 울음을 내는 늑대들이 얼마나 바짝 뒤를 따르는지, 심지어는 갈대로 엮은 신발이 매 걸음마다 무엇을 디디는지조차 느낄 수

month for your writing?

Are the children of your tribe taught to write in your alphabet, or are they taught the Thai or Chinese, or maybe Burmese, alphabet?

Have you ever thought about teaching them Korean instead, since it's so much better and more scientific?

My face had turned beet red. The afternoon was sweltering, and I'd just crossed two mountains. There was no proper road, so I'd been following scattered piles of elephant dung for two hours. Just as I was about to turn back, convinced that I had been going the wrong way the entire time, the land sloped gently down into a basin. Surrounding the basin were three houses woven from bamboo, standing at roughly equal distances and facing each other. Two of the houses stood more or less straight, but the last one slanted at an angle. At the center of the basin was a pile of sugarcane, stacked high with no regard for stability. Michu was wrong. The Waka were there, too, along with their culture of stacking anything and everything as high as possible.

While I sat at the entrance to the path, drying my sweat, the day began to grow dark. A cool night fog descended and enveloped the mountains, the

없었다. 돌이켜보면 내 슬픔이 시작된 지점은 바로 그 산과 그 밤이었다.

예술은 만인의 것이 될 수 없다. 예술에 필요한 감각은 태어나거나 혹은 훈련되어야 하는데, 누구나 그럴 기회를 잡는 건 아니기 때문이다. 말하자면 청중들의 저열한 질문은 악의도 우월감도 아닌 열등감에서 비롯된 것이라, 마음이 불편하더라도 굳이 화를 낼 필요까지는 없었다. 나는 교묘하게 그들의 질문을 바꾸어 아르판에게 전달했다. 아르판은 진지한 얼굴로 대답했다. 고된 노동을 마치고 집에 돌아와 이야기를 꾸며내는 즐거움에 대하여, 와카족에 전승되는 관용과 초월의 풍습에 대하여, 와카의 영리한 아이들이 들려주는 언어유희에 관하여 설명했다. 나는 그의 말을 받아 아르판은 돈이 아니라 내러티브를 사랑하고, 와카의 어린이들은 당연히 와카의 말을 배우며, 와카의 전설이 이 땅에서 완전히 잊힐 때까지 자신들의 언어는 어떠한 오염으로부터도 견뎌낼 것이라고 거짓으로 통역해 주었다. 형식적인 박수가 쏟아졌다. 그게 문명사회에서 행해지는 찬사와 경의의 표현이라는 걸 어찌 알았던지, 아르판이 두 손을 모으고 연신 고개 숙여 인사했다.

pile of sugarcane, and the three houses in a fine, ash gray light. Just then, the slanted house began to glow softly from within. It was the only house alight. The others put up no resistance as they sank into darkness. I was drawn, mesmerized, to where the light shone through the window. I spied a small desk, its edges worn smooth, beside a kerosene lamp. Sitting at the desk was a middle-aged man who looked like he had just come out of the bath. He was writing a story in a language that only six or seven people in the whole world could read and no more than two hundred could speak. I could not take my eyes off of him. He seemed to like where the story was going because every now and then the corners of his lips would turn up into a smile. He seemed to be saying:

Damn, I'm good.

That night, as I made my way back, stumbling along the mountain ridge erased of light, I felt awash in an incomprehensible rapture. I was oblivious to the efforts of the fireflies, so like shooting stars, trying to distract me, and to the patter of the wolves, howling like newborn babes, tailing after me, and even to the space directly beneath each step of my reed-woven shoes. When I look back on it now, that mountain and that night were the

청중들이 들은 건 내가 즉흥적으로 지어낸 말이었지만 아르판의 입을 통해 나온 말과 별반 다를 것도 없었다. 그를 처음 본 날부터 나는 매일 오후 두 개의 산을 왕복 두 번씩 넘었다. 그리고 어둠에 저항하는 오두막의 호롱불 빛을 들여다보았다. 이야기의 꽁무니를 이어나갈 때마다 아르판의 얼굴에 번지는 행복한 미소는 소설이란 어떻게 쓰여야 하는가를 내게 알려주었다. 그는 공동체의 언어를 가꾸고 다듬는 일에 대가 없는 행복을 느끼는 진짜 작가였다. 막 데뷔하여 글감을 찾아 주유하는 병아리 소설가로서, 나는 밤마다 아르판이 보여주는 문학 강연에 넋을 잃고 몰입했다. 중요한 건 기교가 아니었다. 타인의 자유로운 영혼에 간섭할 고상한 메시지도 아니고, 미래를 포장하는 허황된 웅변도 아니었다. 중요한 건 이야기 자체의 즐거움이었다. 나는 아르판으로부터 그 놀랍고 자명한 사실을 배웠다. 전에는 누구도 가르쳐주지 않은 것이었다. 그에게로 가는 길은 기대에 가득 찼고 머무는 동안은 경탄으로 충만했으며 돌아오는 길은 질투 때문에 괴로웠다. 그렇다, 마지막에 다가온 건 언제나 질투였다. 내가 저 오두막에 웅크린 거대한 산을 넘을 수 있을까? 밀림과 절벽의 미로를

beginning of my sadness.

Art cannot belong to everyone. The sensibilities required by art are something you are either born with or you train yourself to acquire, and not everyone seizes that opportunity. In other words, the offensive questions the audience asked Arpan did not come from any ill will or a sense of superiority, but rather, a sense of *in*feriority. So even though it bothered me, there was no reason for me to be upset. I tactfully changed their questions before relaying them to Arpan. He answered them soberly. He told them about the joy of returning home after a hard day's work and crafting stories, about the Waka custom of generosity and transcendence, and about the puns he had heard from the clever Waka children. I took his words and translated them into lies: he loved crafting narratives more than money; Waka children learn the Waka language of course; they were determined to protect their language against any and all contamination until the very last Waka legend had vanished from the earth. There was much perfunctory applause. Arpan must have known somehow that it was an expression of praise and respect from a civilized society, because he pressed his hands together and bowed his head repeatedly.

되짚어 숙소로 돌아오는 길이 전과 같이 황홀하지만은 않았다. 나는 막막한 어둠에 이마를 처박고 걸었다. 주먹은 누군가를 힘껏 치려는 것처럼 꾹 쥐어져 있었다. 어둠 속의 강좌는 그로부터 두어 달 뒤, 미슈의 죽음을 계기로 와카를 떠날 때까지 계속되었다.

독자와의 대화 시간이 끝나자 어떤 이들은 이웃한 홀에서 벌어지는 다음 행사에 참석하러 갔고, 어떤 이들은 매대에 들러 아르판의 책을 한 권씩 샀다. 그리고 우리가 앉아 있는 테이블 앞에 와 줄을 섰다. 책값이 비싸다는 투덜거림이 들려왔다. 아르판이 한국어를 할 줄 모르는 외국인, 그것도 검게 그을린 피부의 외국인이라 굳이 감출 필요가 없었을 것이다. 나는 그들의 영혼 깊숙이 들러붙은 천박함을 위해 가격에 동그라미를 하나쯤 더 써넣을 걸 그랬다고 후회했다. 터무니없는 가격은 흔히, 인정받고 있음에 대한 자부심이 아니라 몰이해를 향한 저주인 까닭이다.

전부 일곱 권이 팔렸다. 혹시나 하는 마음에 테이블 아래에 스무 권을 더 준비해 놓은 걸 감안하면 반의 반도 팔리지 않은 것이다. 하지만 서명을 원하는 사람들의 이름과 감사의 인사, 그에 더해 내가 일러준 그레고

What the audience heard were my own im-
promptu words, but they weren't so different from
the words that came out of Arpan's mouth, either.
After that night when I saw him for the first time, I
made the round trip over both mountains every af-
ternoon to spy on him. I would gaze out at the light
of his kerosene lamp as it held out against the
darkness. The happy smile that spread across Ar-
pan's face each time the tail of one story continued
on to another taught me how stories were sup-
posed to be written. He was a true writer who ex-
perienced the unpaid joy of crafting and refining
the language of his community. As a young writer,
still wet behind the ears, just debuted and still
searching for something to write about, I was en-
chanted by Arpan's nightly literature lessons. I be-
came immersed in them. What mattered was not
technique. Nor was it a lofty message that would
meddle in the free soul of another, or a hollow
speech presenting some tidy vision of the future.
What mattered was the joy of the story itself. I
learned that surprising and altogether obvious fact
from Arpan. No one had ever taught me that be-
fore. The walk to his home was filled with anticipa-
tion; my time there, rich with admiration; the walk
back, racked with envy. Yes, the last thing to come

리력 날짜를 와카의 문자로 적어나가는 아르판의 표정은 오두막에서의 모습 그대로였다. 이리저리 갸우뚱거리고, 무언가 재치 있는 생각이 떠올랐다는 듯이 말미를 살짝 틀며, 다 쓴 뒤에는 마지막으로 훑어본 뒤 자잘한 미소와 함께 책을 건네주어 상대의 반응을 살폈다.

사인회가 끝나갈 무렵 청중들은 행사의 주인공인 아르판이 아니라 내 앞에 몰려들어 줄을 서기 시작했다. 그들은 현장에선 팔지도 않는 내 소설 『자정의 픽션』을 들고 와 사인을 요구했다. 처음 두어 번쯤은 사양하다 마지못한 척 응했다. 내 직업의 일부였다. 오래전부터 세워놓은 계획의 일부기도 했다. 줄은 거지같이 길었다. 팔목이 저려올 정도로 서명을 한 뒤에야 우리는 비로소 자리에서 일어날 수 있었다. 행사장을 떠나기 전에 나는 직함과 이름이 새겨진 내 명찰을 데스크에 놓고 나왔다. 다시는 그 저속한 곳으로 돌아갈 생각이 없었기 때문이다. 행사가 아직 일주일이나 더 남아 있지만 애초에 기획위원장 자리를 수락한 이유는 단지 와카의 땅에 사는 무명 소설가 아르판을 끌어들이기 위해서였다. 데뷔도 하기 전부터 나는 문학이라는 이름 아래 부수적으로 따라붙는 이런저런 행사들, 이를테면 순회

to me was always envy. Could I ever surpass the colossal mountain huddled inside that shack? On the way back to my lodgings, retracing my steps through the maze of jungle and cliffs, I would no longer feel enraptured. I pressed my forehead to the impenetrable darkness and trudged on. My fists were tightly clenched, as if ready to punch some-one with all of my strength. The secret lectures in the dark continued for two more months, right up until Michu died and I left the Waka.

When the question-and-answer session ended, some people went next door to hear the next reading, while others stopped by the display table to purchase a copy of Arpan's book. Those who bought his book lined up in front of the table where we were sitting. I heard a few people grum-ble that the book was too expensive. They proba-bly saw no need to hide their feelings since Arpan was a foreigner who couldn't speak Korean, and a dark-skinned foreigner at that. I regretted not hav-ing added an extra zero to the end of the price—a fee for the shallowness buried deep within their souls. Setting exorbitant prices for one's work was usually unrelated to the pride of recognition but was, rather, a curse on insensitivity.

A total of seven copies of Arpan's book were

강연이나 사인회 등이 필요악이라 생각했다. 그 왁자지껄한 난장판을 통해 한편으로는 작가의 창작욕이 일정 부분 자극될 것이라 믿었던 것이다. 그러나 세상의 마지막 전신주로부터 수백 킬로미터나 떨어진 산등성이 분지에서 아무도 들어주지 않는 이야기를 써 내려가는 아르판의 모습은 그러한 변명이 타락에 지나지 않음을 호소하고 있었다. 그러니 나는 행사의 순조로운 진행을 맡은 기획위원장으로서 주최 측의 취지에 제대로 엿 먹일 인물을 초대한 것이다. 하지만 누구 하나 내 암시를 알아챘으리라고는 기대할 수 없었다.

밖으로 나온 우리는 택시 한 대를 임대해 서울의 명소들을 둘러보았다. 우리가 방문한 장소들은 죄다 높이로 유명한 건축물들이었다. 예상대로 아르판은 주눅이 든 얼굴이었다. 하늘과 맞닿는 꼭대기를 정신없이 올려다보다 휘청거리는 바람에 곁에서 부축해 주어야 했다. 아르판 역시 손을 내밀어 내 팔뚝을 꼭 붙들었고, 그럴 때마다 나는 먹먹한 기시감을 느꼈다. 모두 마치고 광화문으로 돌아온 것은 오후 일곱 시가 다 되어서였다. 사찰 음식으로 유명한 식당에 들러 저녁을 먹은 뒤, 천천히 거리를 걸었다. 우리의 동행은 그로써 마지막이

purchased. Factoring in the twenty extra copies stashed beneath the table just in case, less than half of his book had sold. But the look on Arpan's face as he signed their books in Waka—also including their names, a thank you message, and the day's date according to the Gregorian calendar, which I had told him all about—was the same as when I had first spied on him in his shack. He would tilt his head this way and that, look up as if something witty had just occurred to him, and then take one last look at whatever he'd written before handing the book back with a tiny smile and a close look at the signed recipient's reaction.

When the book signing was almost over, some of the audience members began to line up in front of me instead of Arpan, the intended star of the event. The members of this new line had brought copies of my book *Midnight Fiction*—not even for sale at the festival—and were asking me to sign them. I turned a couple down at first, but then reluctantly assented. It was part of my job. It was also part of my original plan. The line became horrendously long. Only after I signed so many books that my wrist started to grow numb were we finally able to leave. Before we left the venue, I placed my en-trance badge on the desk. I had no intention of re-

될 것이었다. 아르판은 다음 날 아침이면 한국을 떠나야 한다. 항공편으로 치앙마이에 가서 버스로 치앙라이 외곽의 메싸이를 경유해 현지인에게만 허용된 미얀마 국경을 통과한 뒤 이번에는 우마차로 열 시간을 넘게 가야 하는 곳, 키가 큰 와카의 땅으로.

먼 길을 와줘서 고맙다고 말했다. 장시간 오가느라 피곤하겠다는 염려도 덧붙였다. 앵앵거리는 비음이 코끝을 맴돌았다. 내 걱정은 신경도 쓰지 않는 듯, 자기 몫의 사탕수수를 대신 베어놓았을 이웃들에게 미안하다며 아르판이 웃었다. 이번에는 와카의 비음이 내 귀를 살짝 스치고는 늦가을의 대로에 점점이 떨어져 내렸다. 휘황찬란한 곳을 피해 사람 냄새가 나는 곳으로 돌아다녔다. 그러다 명동의 포장마차 거리에 자리를 잡았다. 아이스박스 곁에 놓인 싸구려 스피커에서는 노래가 흘러나오는 중이었다. 남자 가수가 저를 떠나지 말라며 궁상맞게 악을 쓰고 있었다.

막걸리와 곱창볶음을 주문했다. 아르판은 곱창을 맛있게 먹었다. 나 역시 와카의 땅에 있을 때 곱창볶음을 가장 좋아했다. 아니, 다른 건 고린내가 심해 거의 먹을 수가 없었다고 말하는 편이 보다 정확할 것이다. 노파

turning to that vulgar place. There was still a week left in the festival, but the only reason I had agreed to head up the planning committee was so I could bring in Arpan, the unknown Waka writer. Before my literary debut, I had thought of these events, lecture circuits and book signings, the collateral of being a writer, as a necessary evil. I used to think that these sorts of noisy, raucous events helped stimulate a writer's desire to write. But seeing Arpan write down stories that no one would ever hear in a mountain basin hundreds of kilometers past the last telephone pole in the world had shown me that these justifications were nothing more than decadence. As the head of the planning committee responsible for ensuring the smooth operations of festival, I'd invited people who'd be sure to screw with the goals of the festival sponsors. But I hadn't expected anyone to get the message.

When we got outside, we hailed a cab and paid the driver a flat fee to show us around to various Seoul tourist attractions. All of the places we went were buildings famous for their height. As I'd expected, Arpan looked intimidated. He reeled as he stared up, entranced, at where the tops of the buildings brushed against the sky—I had to stand beside him and hold onto him. Each time he

미슈는 보름에 한 번 정도 염소의 곱창을 구해다 볶음을 만들어 주었다. 어떻게 만드는지 요리법을 자세히 알려주기도 했지만, 아무래도 그녀가 하는 것처럼 맛있게 만들 수는 없었다. 옆에서 지켜보아도, 똑같은 재료를 사용해 똑같은 시간을 들여 똑같은 방식으로 만들어 보아도 마찬가지였다. 나름 요리에 자신을 갖고 있던 나로서는 환장할 노릇이었다. 결국 그 미묘한 차이를 배우지 못하고 포기했다.

바보야, 이걸 네가 만들었다고 생각해 버리면 되잖아.

의기소침해하는 나를 보며 미슈가 한 말이었다. 달래 주려는 게 아니었다. 그렇게 말한 뒤 깔깔 웃음을 터뜨리기 전에 꼭 한마디를 덧붙였다.

사실은 내가 만든 거지만.

그 후로는 미슈가 다 만들어놓은 걸 얌전히 받아먹는 신세가 되었다. 미슈는 곱창볶음이 대단한 호의인 양, 온갖 유세를 떨면서 심부름을 시켰다. 마을 중앙에 있는 우물에 가서 물을 길어 오는 건 물론이고 양념이 부족할 땐 말린 나물을 가지고 이웃에 들러 설탕이나 후 춧가루로 교환해 와야 했다. 자칫 실수라도 하는 날이면 벼락이 떨어졌다. 하지만 일단 요리가 끝나면 그녀

reached out and clung to my forearm, I got a deaf-
ening sense of *dé–jà vu*. By the time we finished
looking around and returned to his hotel near
Gwanghwamun, it was well after seven in the eve-
ning. We had dinner in a restaurant famous for its
Buddhist temple food, and then took a slow walk.
It would be the last moment we'd get to spend with
each other for a while. Arpan had to leave Korea
the next morning. He would fly to Chiang Mai and
take a bus across the border of Myanmar via Mae
Sai, which was on the outskirts of Chiang Rai, a
crossing that only natives of Myanmar were al-
lowed to make. After this he would have to spend
over ten hours in an ox-drawn cart to reach his
destination—the land of the towering Waka tribe.

I thanked Arpan for coming such a long way. I
added that I was worried he might be exhausted
from traveling for so many hours. My nose vibrated
from my nasal tones. Arpan smiled, seemingly un-
concerned, and said he felt sorry that his neighbors
had to cut his share of sugarcane for him. This
time, the nasal Waka tones brushed over my ears
and slowly made their way down the late autumn
street. We avoided the brightly lit areas and stuck
to the more human corners of the city. Soon we
found ourselves standing on a street in Myeong-

는 맛있는 곱창의 대부분을 내 그릇에 챙겨주었다. 그리고 허겁지겁 먹는 꼴을 보며 자글자글하게 웃었다. 그런 날을 모두 더해 미슈가 도대체 몇 번이나 내게 물어왔던가.

바보야, 그렇게 맛있어?

많은 사람들이 곁을 지나쳐 갔다. 젊다기보다는 어린 음악이 흘러나왔고 몇몇 패거리가 싸움을 벌이다 겁쟁이들처럼 화해했다. 문득 아르판이 내 팔뚝을 꼭 붙들며 말하였다.

"당신은 와카의 말을 하는 최초의 외국인일 겁니다."

와카의 언어에서 '최초'란 언제나 칭찬을 뜻한다는 걸 알기에, 고개 숙여 인사했다. 그러면서도 나는 내가 최초가 아니라 최후의 외국인일 거라 생각했다. 이어 우리는 잠시 침묵했다. 그러나 내 속에서 그러는 것과 같이, 아르판의 속에서도 수많은 문장이 소용돌이치는 중임을 나는 어렵지 않게 짐작할 수 있었다. 술과 안주가 반가량 사라진 어느 지점에서 아르판이 슬그머니 입을 열었다.

"그나저나, 당신은 대체 어떤 소설을 썼기에 사람들이 그렇게 좋아하나요?"

dong that was lined with covered food carts. Music blared out of a cheap speaker by an ice chest. A male singer was bawling miserably, *Don't leave me*.

We ordered *makgeolli* rice wine and stir-fried beef intestines. Arpan ate the tripe with relish. Tripe had been my favorite dish when I lived among the Waka. Or rather, it would be more precise to say that everything else had smelled so bad to me that it was all I could stomach. Old Michu would buy goat intestines every couple of weeks and stir-fry them for me. She even tried to teach me how to make them for myself, but I could never get them to taste as fine as hers. Though I stood beside her and watched, and used the exact same ingredients and cooked them for the exact same length of time, they never turned out the same. For someone like me, who prided himself on his ability to cook, it was enough to drive me mad. In the end, I could not get the delicate flavors just right and gave up.

You fool, just say you made them.

That's what Michu said when she saw how crestfallen I was about it. She wasn't trying to comfort me. Right before bursting into laughter, she added:

Even though you really didn't.

After that, I had no choice but to meekly accept

바로 그 질문이 나오길 기다리고 있었다. 많은 사람들이 좋아한다는 건 소통이 잘된다는 뜻이다. 그리고 소통이란 모든 작가들의 영원한 화두다―사인회에 길게 늘어선 독자들과의 소통이건, 혹은 창 하나를 사이에 둔 내밀한 소통이건 간에. 나는 잠시 현기증을 느꼈고, 시간을 끌기 위해 곱창볶음을 뒤적거렸다.

"들어보시겠습니까?"

그리고 수십 명의 독자가 사인을 요구했던 그 책, 내 출세작인 『자정의 픽션』의 줄거리를 읊기 시작했다.

외딴 산골 마을에 사는 젊고 가난한 부부가 있다. 낮엔 함께 밭일을 하고 저녁이면 오두막에 돌아와 쉬는데, 일상의 무료함을 지우려 밤마다 놀이를 한다. 그 놀이란 동일한 주인공이 등장하는 하나의 이야기를 둘이 번갈아 지어나가는 것이었다. 그런데 둘의 성향은 완전히 달라서, 남편의 날이 되면 이야기가 즐겁고 신나게 진행된다. 이어 아내의 날이 되면 이야기가 감상적이고 슬프게 흐른다. 이야기는 부드러운 굴곡을 따라 즐겁다가도 슬프고, 신나다가도 감상적이 된다. 부부는 그 리듬이 어디서 나온 것인지 잘 알기 때문에 이야기에 많은 애정을 쏟는다. 설령 둘이 서로의 이야기하는 방식

whatever she cooked for me. In exchange for the great kindness of her tripe, she would order me around, relishing her power over me. Not only did I have to carry water to her house from the well in the middle of the village, but also whenever she ran low on seasonings I had to take dried herbs around to the neighbors and barter them for sugar and pepper. On days that I made even the slightest mistake, the storm raged. Her retribution was no less swift when I asked her to repeat her orders so I could remember them correctly. But as soon as she was done cooking, the greater portion of that delicious tripe would fill my dish. And when she saw how I wolfed it down, she would shake with laughter. If I put all those days together, I wonder how many times Michu asked me the same question.

You fool, is it really that good?

Crowds of people kept brushing past where Arpan and I sat. The music was more childish than youthful, and now and then drunken men would begin to fight only to walk away like cowards. Suddenly, Arpan grabbed my arm.

"You're probably the first foreigner to speak Waka."

Since I knew that the word "first" always indicated

에 길들여지고 싶었다 하더라도 그건 불가능했을 것이다. 어찌 된 영문인지 남편은 신나는 이야기만 할 줄 알고, 아내는 슬픈 이야기밖에 떠올리지 못했다. 낙천적인 남편은 현재를 즐기고, 사려 깊은 아내는 미래를 근심했다. 각각이었다면 양쪽 다 고생깨나 했을 테지만, 둘이 함께함으로써 균형은 낮의 노동과 저녁의 유희 모두에서 절묘하게 맞추어졌다.

잠시 말을 멈추었다. 내 입에서 흘러나오는 이야기의 구비마다 와카의 마을이 떠올랐다. 아르판이 존재하는 이상 나는 끝내 삼류에 불과하다는 사실을 깨닫던 어느 깜깜한 밤도 떠올랐다. 그러자 내가 명동의 혼잡한 포장마차 거리가 아니라 여전히 저 고적한 와카의 땅에 꼭 붙들려 있는지 모른다는 생각이 들었다. 고개를 저어 그 불길한 감각을 떨쳐내고는 다시 줄거리에 집중했다.

많은 세월이 흘렀다. 언제부터인가 부부 사이에 진행되던 서사가 생기를 잃게 된다. 이야기는 점점 감상적으로 진행되고, 오랜 시간 균형 잡힌 리듬 속에서 살아오던 부부의 주인공은 돌이킬 수 없이 비극적인 상황에 처한다. 마침내 참담한 결말이 다가오기 직전, 늙어 머리카락도 희끗희끗해진 아내가 벌떡 일어나 비명을 지

praise in Waka, I dipped my head in thanks. At the same time, I thought to myself that I was not so much the first as the last. We were both quiet for a moment. But it was not hard for me to guess that there were countless other choice words swirling inside of him, just as there were inside of me. When we had gone through about half of the food and alcohol, Arpan furtively waded into the events at the festival.

"So, anyway, what kind of stories do you write that you would have so many fans?"

I'd been waiting for that very question for a while now. Having fans meant that you'd communicated something well. And communication was the topic eternally on the lips of all writers—whether it was communication with a long line of readers at a book signing, or the secret communication through the window between you and the reader. I felt momentarily dizzy and fiddled with my food.

"Would you like me to describe it to you?"

I began reciting the plotline from *Midnight Fiction*, the work that had brought me recognition and it was the dozens of readers at the festival had wanted me to sign.

A young, poor couple lives in a remote mountain village. During the day, they work together in the

른다.

아아, 나는 이러한 이야기를 더 이상 견딜 수가 없어.

오두막 문을 왈칵 열어젖히고 별빛이 부유하는 어둠의 아가리로 달려간다. 그러나 아무도 아내를 뒤쫓지 않는다. 리듬의 다른 축, 사랑하는 남편은 이미 수개월 전 병으로 죽었기 때문이다. 하루 벌어 하루 먹는 이웃의 곰과 토끼와 늑대가 근심스럽게 지켜보는 가운데, 모든 행복이 끝장난 보금자리에서 뛰쳐나간 아내는 이야기의 결말로 영원히 돌아오지 않는다.

나는 잔에 남아 있던 술을 모두 비웠다. 전부 말해 버렸다. 결국 이렇게 된 것이다. 나는 도대체 왜 이 남자를 한국으로 불러들였는가? 이런 추악한 자리를 만듦으로써 무얼 바랐단 말인가? 나라는 인간이 얼마나 상대할 가치도 없는 쓰레기인가를 알려주기 위해서? 혹은 고백하고 용서받기 위해서? 아니면, 아니면 나 스스로가 무슨 짓을 저질렀는지 똑똑히 깨닫기 위해서? 혼란스러웠다. 누군가 내 맘속에 들어앉아 멋대로 조종하는 느낌이었다. 울렁거리는 가슴을 진정시키기 위해 일부러 비열한 목소리를 내었다.

"아르판, 제 이야기 어떻습니까. 괜찮나요?"

fields, and at night, they return to their shack to rest where they play a game every night in order to relieve their day-to-day tedium. Their game consists of taking turns telling a story that always features the same protagonist. But because their tastes are completely different, whenever it is the husband's turn, the story is cheerful and happy. And when it is the wife's turn, the story becomes sentimental and sad. The story veers gently from cheerful to sad, from happy to sentimental. Because the couple understands the origin of the story's rhythm, they are very attached to the story. They cannot change each other's storytelling style even if they wanted to. For whatever reason, the husband only knows how to tell happy stories, and the wife can only think of sad ones. The optimistic husband enjoys living in the present while the thoughtful wife worries over the future. They would both suffer if they told their stories separately, but by telling their stories together, they strike a fine balance between daily labor and nightly play.

I paused. With each turn of the story that left my mouth, I pictured the Waka village. I thought back to that one dark night when I realized that, so long as Arpan was alive, I would never be anything more

충격이 너무 컸던 걸까, 아니면 상황을 제대로 이해하지 못한 걸까. 아르판의 눈빛은 전혀 변함이 없었다. 달라진 점이라고는 얼굴에서 색채가 지워졌다는 점뿐이었다. 흐릿한 불빛에 반사된 아르판의 낯은 창백하다 못해 생기가 완전히 제거된 화석 같았다. 그 얼굴은 한때 우리 중의 일부였고 많은 사랑 속에서 거침없이 우주를 노래했으나 이제는 쓸쓸히 퇴장해 무덤조차 찾을 수 없는 호메로스, 그러니까 소설의 신처럼 생각되었다. 아니요, 하고 위대한 화석이 타이르듯 입을 열었다.

"아니요, 그건 내 이야기예요. 내가 쓴 이야기란 말입니다. 아까 일곱 명이나 사간, 바로 그 이야기잖아요."

한국에 돌아온 나는 그간 보고 듣고 경험한 일들을 바탕으로 예닐곱 편의 단편소설을 썼다. 최선을 다했지만, 그저 이국의 풍물을 단조롭게 서술한 가이드북에 지나지 않는다는 혹독한 비판에 시달려야 했다. 정당한 지적이었다. 한국으로 돌아왔으나 내 눈은 높이 쌓아 올린 와카의 풍습을 보고 내 귀는 계곡 사이로 불어오는 와카의 바람을 듣고 내 입은 미슈가 만들어준 와카의 요리를 씹고 있었다. 몸은 한국의 빌딩 숲을 거닐되 정신은 아직 저 머나먼 은둔의 땅에 그대로 붙잡혀 있

than a third-rate writer. It occurred to me that maybe I was not at a busy food cart in Myeong-dong but was, perhaps, forever trapped in that lonely Waka land. I shook my head to dispel the ominous sensation and focused again on the plot.

A long time passes. The couple's epic story begins to lose its liveliness. The story gradually turns sentimental, and the heroes of the story, who have long lived within its balanced rhythm, are faced with an irreversibly tragic situation. At last, just before the story's tragic conclusion, the wife, who has grown old and whose hair has gone gray, springs to her feet and screams:

I can't take any more of this story!

She throws open the door of their shack and runs into the jaws of the starlight-speckled darkness. But no one goes after her. On the rhythm's other point of origin, her loving husband has been dead for many months, felled by illness. Under the anxious eyes of the bears and rabbits and wolves that have been living hand to mouth beside the couple, the wife flees her nest where all happiness has ended. She never, ever returns to the story's conclusion.

I downed the rest the alcohol left in my glass. I'd spilled the beans. It had finally happened. Why on

었던 것이다. 거기서 벗어나기 위해 당시 유행하던 추리소설까지 시도해 보았다. 하지만 아무리 머리를 굴려 보았자 살인 현장에서 부화된 새끼 오리가 범인을 엄마로 착각해 쫓아다닌다는 등의 구질구질한 스토리밖에 내놓지 못했다. 그것들은 내가 읽기에도 언짢았다. 거지꼴이 되어 여기저기 창작촌을 전전하며 장편소설도 두 권 썼지만, 그나마 호의적이었던 어느 편집자한테까지 욕을 얻어먹고는 출간을 포기했다. 간간이 들어오던 기업 사보의 콩트 청탁마저 약속이나 한 듯이 끊겨버렸다. 오랜 습작 기간 동안 의욕적으로 메모해 놓았던, 내 고향의 산하와 다양한 군상을 배경으로 한 이야기는 건드리지도 못한 채 나는 문단에 손끝만 살짝 걸친 가짜 작가가 되어 있었다.

책장의 가장 밝은 곳에 꽂혀 있던 아르판의 책을 꺼내어 한국어로 번역하기로 마음먹은 건 그처럼 암담한 시기를 지나는 중이었다. 내게도 뛰어난 이야기를 알아볼 눈이 있다는 걸 증명하고 싶었다. 요리는 못해도 미각은 있다는 점을 증명하고 싶었다. 그 증명에서 시작해, 나 자신에 대한 신뢰부터 되찾고 싶었다. 나는 와카어의 지식을 되짚어가며 정성껏 번역했다. 극심한 가난

earth had I invited this man to Korea? What had I hoped to accomplish by putting myself through this? To show him what a worthless piece of garbage I was? To confess and beg his forgiveness? To make myself realize what an awful thing I had done? I was confused. In order to calm my pounding heart, I deliberately lowered and hardened my voice.

"Arpan, what do you think of my story? Do you like it?"

Was the shock too great? Or had he not fully grasped the situation? The look in his eyes was the same as before. The only change was that the color had drained from his face. Reflected in the hazy light, his face had turned so pale that it looked like an excavated fossil. His face reminded me of the god of literature—Homer, who once sung lovingly of the universe but had long since made his lone exit and was buried in a hidden grave. *No*—the great fossil opened its mouth and admonished me.

"No, that was my story. I wrote that story. The story that seven people just bought copies of."

After returning to Korea, I'd written seven short stories based on what I had seen, heard, and experienced during my time abroad. Though I'd given it my all, critics said it was little more than a guide-

과 조울증의 고통 속에서 그 작업은 한 해 넘게 계속되었다.

자세를 똑바로 잡았다. 등을 등받이에 밀착시키고 꼬았던 다리를 펴 내렸다. 감정을 최대한 지운 목소리로 말했다.

"아르판, 지금 이 노래 들리지요?"

이번엔 여자 가수가 떼로 출동해 저를 떠나지 말라며 악을 쓰고 있었다. 아르판은 아무런 대답을 하지 않았다. 고개를 끄덕이거나 젓지도 않았다. 그건 내 예상과 아주 많이 다른 것이었다. 정적이 흘렀다. 견디기 힘들었다. 나는 차라리 그가 벌떡 일어나 화를 내길, 울부짖거나 원망하길, 혹은 주먹을 들어 내 곪은 영혼에 매질을 해주길 바랐다. 하지만 그는 가만히 나를 노려보기만 했다. 아니, 소름끼치는 눈으로 찬찬히 관찰했다. 표정을 읽어낼 수 없어 답답했다. 나는 힘겹게 말을 이었다.

"한국에서 요즘 유행하는 노래입니다. 그런데 사실 이건 번안곡이에요. 원래는 삼사 년 전에 일본, 아, 그런 나라가 있습니다, 아무튼, 그 일본에서 만들어진 곡이거든요. 그러나 알고 보면 일본 것도 아니지요. 선진 문명을 받아들이던 시절에 일본이 흠모하던 영국의 동요

book monotonously describing the customs and institutions of a foreign country. It was a fair thing to say. I'd returned to Korea but my eyes were still trained on the Waka custom of compiling stacks, my ears heard only the Waka breeze that blew through the mountain ravines, my jaws were still chewing Michu's Waka food. My body strolled through a forest of Korean buildings, but my spirit was stuck in a distant, secluded land. In order to free myself, I'd even tried writing a mystery novel, which was in vogue at the time. But no matter how hard I racked my brain, the best stories I could come up with were terrible. Like one about a duckling who hatches at the scene of a crime and follows the murderer around, mistaking him for its mother. Even I hated my own stories. I went from writing colony to writing colony like a vagabond and wrote two novels. But after catching hell from one of the few editors who was at least nice to me, I gave up on trying to get anything published. Even the occasional requests from companies who wanted me to write short vignettes for their in-house magazines dried up. It was as if I'd been blacklisted. Unable to even write about the people and setting of my own hometown, which I'd zealously jotted down over my long period of study, I

가 그 뿌리니까요. 하지만 영국 이전에는 네덜란드의 서민 음악이었고, 그 음악은 17세기 중국 광동 지방으로부터 흘러나온 전통 리듬에 뿌리를 두고 있답니다. 자, 그렇다면 중국 광동 지방의 어느 중국인이 이 노래의 원작자일까요?"

아르판은 대답하지 않았다. 속내를 짐작할 수 없는 시커먼 눈동자가 무서웠다. 답답했다. 나는 부탁하고 싶었다. 무슨 생각을 하는지 알려달라고 부탁하고 싶었다. 하지만 그렇게 말하지 않았다. 다르게 말했다. 그렇지 않아요, 하고 나는 쫓기듯 말했다.

"그렇지 않아요. 비록 광동의 리듬을 차용했지만, 이 곡에는 자신이 거쳐온 네덜란드나 영국, 일본, 그리고 우리 한국의 고유한 향수가 모두 담겨 있습니다. 게다가 알려진 게 그 정도라 그렇지, 더 깊이 파고들다 보면 전혀 다른 지역으로까지 소급해야 될지도 모릅니다. 그러니 이 복잡한 노래의 마디마디에서 원작자를 찾는 건 불가능할 뿐 아니라 옳지도 않습니다. 더 자세히 얘기해 봅시다. 이 음악은 칠음계를 사용하고 있군요. 또 리듬의 중심엔 일렉트릭 베이스가 있네요. 그렇다면 칠음계의 수학적 원리를 고안한 피타고라스, 베이스 기타의

became a fake writer, the kind with only the tip of his finger just barely poking into the literary world.

The decision to take Arpan's book down from the brightest shelf in my bookcase and translate it into Korean came during that dark period. I wanted to prove that I was at least able to recognize what an outstanding story looked like. I wanted to prove that, even if I couldn't cook, I still had a good palate. Starting from that premise and justification, I sought to recover my trust in myself. I retraced my knowledge of the Waka language and translated my heart out. The project, carried out amidst extreme poverty and the agony of manic depression, lasted for over a year.

I sat up straight. I pressed my back against the seat and unfolded my legs. Then I spoke with as little emotion as possible.

"Arpan, do you hear that song?"

This time, a group of female singers were bawling out, *Don't leave me*. Arpan did not respond. He didn't nod, but he didn't shake his head either. It was very, very different from what I had expected. The silence went on and on. I couldn't take it. I would rather he jumped up and began to yell at me, or wailed and reproached me, or, even raised his fists and beat my festering soul. But all he did

발명자인 폴 툿말크(Paul Tutmarc)를 불러다 이 음악에 관한 창조의 권리를 부여해야 할까요? 그건 어리석은 짓입니다. 피타고라스가 숫자를 발명했나요? 툿말크가 소리를 발명했어요? 그렇지 않아요. 인간의 예술은 단한 번도 순수했던 적이 없습니다. 우리가 벌이는 모든 창조는 기존의 견해에 대한 각주와 수정을 통해 나옵니다. 그렇게 차곡차곡 쌓이는 겁니다."

나는 아르판이 모를 게 분명한 온갖 장르와 지역과 사람의 이름을 난잡하게 혼용함으로써 문화와 예술의 차이를 구분하지 않은 내 논리의 허점을 감추려 노력했다. 높이 쌓는 행위가 문화라면 아르판이 써나간 건 예술이다. 하지만 나는 그 차이를 일부러 무시했다. 무시하고, 어떻게든 동일시하기 위해 애썼다. 행사가 끝난 뒤 수직으로 솟은 고층 건물 위주로 끌고 다닌 건 높이 쌓아 올리는 와카의 문화를 깔아뭉갬으로써 아르판이 가진 견고한 자부심에 상처를 입히고, 진작부터 패배감을 주고, 그래서 쉽게 체념하도록 만들려는 의도였다. 생각이 거기까지 미치자 이 만남을 위해 내가 얼마나 공을 들였는지 깨닫고는 비릿한 수치심을 느꼈다. 처음부터 모든 게 계획이었다. 행사에 아르판을 초대한 것

was stare at me hard. No—he observed me, very carefully, the look in his eyes giving me the chills. I couldn't tell what he was thinking. It frustrated me. I continued speaking with difficulty.

"This song is really popular in Korea right now. But it's actually a remake. The original came out three or four years ago in Japan—you know—this other country called *Japan*—well, anyway—the song was made in Japan. But in fact, it's not really Japanese. It's based on a British children's song. Back when the Japanese were embracing cultures they considered to be advanced, that song was well loved in Japan. But before it was known as a British song, it was a commoners' song in The Netherlands, and before that, you could trace the rhythm back to a traditional song that was passed down from the seventeenth century in the Guang-dong province in China. So, if that's true, does that mean the original author of this song was some Chinese guy from Guangdong Province?"

Arpan did not answer. His dark eyes, which re-vealed nothing, frightened me. I felt even more frustrated. I wanted to beg him to please tell me what he was thinking. But I couldn't say that to him. Instead I began to ramble even more frantically:

"No, it doesn't. Even though the song borrows its

도, 이야기의 구체적인 줄거리보다는 빛바랜 사진이나 와카족이 처한 환경에 초점을 맞춘 책자도, 혼잡한 포장마차의 거리도, 술과 안주도 모두 계획이었다. 어쩌면 행사장에서 내게 사인을 받으려 길게 늘어섰던 사람들도 계획의 일부였을 것이다. 직접 시키지는 않았지만 나는 처음부터 그렇게 될 줄을 미리 알고 있었기 때문이다. 만약 조금이라도 그렇게 진행되지 않을 가능성이 있었다면 노숙자 몇을 매수해 동원했을지도 모른다. 나는 내 인생 전체에 관한 것보다 더한 안달과 강박으로 아르판과의 만남을 계획했다. 그럴 수밖에 없었다.

아르판의 책을 번역하는 동안, 사악한 유혹이 고개를 쳐들었다. 와카의 땅에서 무심코 읽을 때에도 좋았으나 한국어로 번역해 놓고 나니 정말 눈부신 이야기였다. 앞으로도 오랫동안 살아남을 이야기였다. 이야기 자체에 관한 이야기면서 우리의 척박한 삶에 왜 이야기가 필요한지를 말해 주는 이야기였다. 번역이 끝나감에 따라 내 맘속에는 쥐와 원숭이의 아우성이 울려 퍼졌다. 이 이야기를 훔치고 싶다. 이 아름다운 이야기를 내가 갖고 싶다. 무슨 짓을 해서라도 꼭 내 것으로 만들고 싶다……

rhythm from Guangdong, it also contains elements unique to the countries it's passed through—the Netherlands, England, Japan, and even our own Korea. Furthermore, that's all we know about it right now. If we looked deeper, we might have to backtrack further to a whole other part of the world. But not only is it impossible to find the original authors of every single word of this song, it's also wrong.

"Let's look at it in more detail. This song uses a seven-note scale. And there's an electric bass at the center of the rhythm. Then, do we have to call up Pythagoras, who devised the mathematical principle of the seven-note scale, or Paul Tutmarc, inventor of the electric bass, and give them the creative rights to this song? That would be foolish. Did Pythagoras invent numbers? Did Tutmarc invent sound? Of course not. The human arts have never once been pure. Every act of creation we undertake is footnoted and amended with respect to an existing point of view. It builds up layer by layer."

By tossing out the names of people, places, and genres that Arpan would obviously be unfamiliar with, I was trying to hide the weakness in my logic, which made no distinction between culture and art. If stacking things high was culture, then Arpan's

표절은 어느 날 갑자기 방문하는 유혹이 아니다. 제
자신의 한계를 절감하는 순간 스며드는 병균이다. 일단
한 번 감염되면, 뇌가 썩어 문드러지기 전까지 헤어날
수 없다. 결국 나는 책에 군데군데 등장하는 와카의 지
방색을 한국의 것으로 대체한 뒤 내 이름으로 발표했다.
어느 초겨울의 일이었다. 이듬해 나는 한국에서 가장 유
명한 작가가 되어 있었다. 그때부터 준비해뒀던 타락의
논리를 아르판 앞에서 하나씩, 하나씩 부려놓았다.

　"고유한 문화를 지켜야 한다고들 합니다. 듣기 좋은
얘기지요. 하지만 자기 문화만 고집하면 어떻게 될까
요? 사라집니다. 얼마나 많은 사람들이 와카의 언어를
사용할 줄 압니까? 그렇다고 영어나 타이어, 버마어 등
외국의 말을 할 줄 아는 와카의 젊은이는 얼마나 되지
요? 당신 고향에서 말입니다, 그 무거운 전통 머리 장식
때문에 목이 부러진 할머니를 본 적이 있어요. 자기 문
화를 지키는 건 훌륭한 일입니다. 하지만 세상은 그렇
게 간단하지 않아요. 생존만을 목적으로 하는 인간은
오히려 살아남지 못합니다. 자기 스스로에게만 영향을
받고 자기 스스로에게만 영향을 주는 인간은 살아남지
못합니다. 문화란 본디 섞이는 것입니다. 하나의 문화

writings were art. But I deliberately ignored that distinction. I ignored it, and did whatever it took to equate them to each other. My intention in dragging Arpan around right after the book reading to a bunch of high-rise buildings that soared into the air, was to injure his otherwise sound self-esteem, give him a sense of defeat right from the start, and leave him easily resigned by trampling all over the Waka custom of stacking things. When I thought about that, I realized just how much work I had put into making this meeting happen, and I felt raw with shame. I had planned it all from the start. Inviting Arpan to the festival, filling the booklet with faded photographs and details about where the Waka lived rather than offering a concrete synopsis of his work, taking him to that crowed street with the food carts, and even having alcohol and tripe with him were all planned. It was possible that even the long line of people waiting to get my autograph at the book reading were part of the plan. I had not ordered anyone to line up, but I had known from the start that it would happen. If there had been the slightest possibility that it wouldn't have happened, I might have paid a few homeless people to do it. I had planned this meeting with Arpan out of more anxiety and compulsion than I

67

가 영원히 살아남는 방법이 뭔 줄 아세요? 남의 문화를 흡수하거나, 아니면 더 큰 문화에 흡수되는 길뿐입니다. 우리가 미국 문화라 할 때, 그것이 오로지 미국만의 문화겠습니까? 인디언, 에스키모, 더 나중에 온 아프리카 흑인들, 유태, 몽골 등 얼마나 많은 이민족의 문화가 그 안에 포섭되었겠습니까? 그중 인디언 하나만 해도, 정말 그것을 인디언의 문화라고 간략히 불러도 될까요? 어느 부족, 어느 시대를 살던 누구의 영혼이 생산한 문화인지는 몰라도 될까요? 네, 몰라도 됩니다. 문화란 그런 식으로 쌓여 후대에 전해지는 것이기 때문입니다. 소유에 집착하다간 저 와카의 머리 장식에 목이 부러진 노파처럼 죽어버리고 마는 겁니다."

그 문장의 끝에서 나는 울컥 목이 메었다. 보름달이 뜬 와카의 명절이었다. 노파 미슈의 쪼글쪼글한 뺨은 어릴 적 시집가던 날을 떠올리듯 분홍빛으로 물들어 있었다. 옷에 주렁주렁 매달린 각양각색의 보석과 동전들이 서로 부딪혀 짤랑거렸다. 제 키에 달하는 전통 모자는 행여나 벗겨질까 봐 굵은 산양의 힘줄로 턱에 단단히 고정시켜 놓았다. 미슈는 붉은색 염료로 마당에 정성껏 그려놓은 축복의 문양을 밟으며 힘겹게 걸었다.

felt about my life as a whole. I had no other choice.

An evil temptation had reared its ugly head while I was translating Arpan's book. The first time I read the book, I had done so without much thought and enjoyed it; after starting the translation, I was truly dazzled by the story. It was a story that would live on for a long, long time. It was both a story about stories and a story that explained why we needed stories in our barren lives. As I finished my translation, the rats and monkeys inside of me began to clamor: I wanted to steal it. I wanted to have something this beautiful. Whatever it took, I wanted to make it mine...

Plagiarism is not a temptation that visits you out of the blue one day. It is a germ of thought that spreads the instant you begin to realize your own limitations. Once infected, there is no way to free yourself until your brain has rotted and decomposed. In the end, I replaced all of the Wakaisms that appeared throughout the book with Koreanisms and published it under my own name. That was early winter. That same year, I became the most famous writer in Korea. Bit by bit, I presented to Arpan the corrupt logic that I had been readying ever since.

"Everyone says we have to preserve indigenous

그렇게 십 분쯤 지났을까, 미슈의 호흡이 불규칙하게 들려왔다. 미슈, 하고 그녀를 불렀다.

미슈, 이제 그만 이리 와요. 내가 도와줄게요.

그러자 그녀가 깔깔 웃으며 말했다.

바보야, 나 바쁜 거 안 보여?

그 웃음을 마지막으로 몸이 갸우뚱 기울더니, 높이 솟은 머리 장식과 함께 뒤쪽으로 와르르 무너졌다. 놀라 달려갔을 땐 목이 완전히 부러진 뒤였다.

와카의 풍습에 의하면, 전통 의상을 입은 채 사망할 경우 착용한 의상은 주인과 더불어 화장된다. 화장되어 주인의 심신과 나란히 세상에서 가장 높은 곳으로 올라간다. 아마 그 때문이었을 것이다. 화장터에서 마지막으로 훔쳐본 미슈의 얼굴은 얄미우리만큼 행복한 표정이었다. 와카의 조문객들은 타오르는 불길에서 등을 돌린 채 동그랗게 서 있었다. 눈을 부릅뜨고 앞만 바라보는 모양이, 밖에서 다가올지 모르는 적으로부터 합심하여 망자의 승천을 보호하려는 것 같았다. 시간이 얼마나 흘렀을까? 젊은 한 시절 미슈를 사모했었다는 호리호리한 노인이 별안간 하늘을 가리켰다. 봐라, 하고 탁한 고음으로 외쳤다.

cultures. That sounds good, right? But what do you suppose happens when we insist on cultural purity? The culture disappears. Do you know how many people can speak Waka? And how many Waka youth speak a foreign language, like English or Thai or Burmese? In your very own hometown, I saw an elderly woman break her neck from wearing those heavy traditional head ornaments. Preserving your own culture is a magnificent thing. But life isn't that simple. People who focus on survival alone are the ones who don't survive. Those who insist only on influencing themselves and only accepting influences from themselves do not survive. Culture has always been mixed. Do you know what it takes for a single culture to live forever? It has to absorb another culture, or be absorbed into a larger culture.

"When we talk about American culture, do you think we are only talking about European Americans? There are so many other cultures subsumed within it—Native American, Inuit, then later, African, Jewish, Mongolian, and so on.

"And even if we only focused on Native Americans, do you think we could refer to it in the singular? Don't you think we need to know which individual soul from which nation and which time

봐라, 저기 미슈가 간다!

망자를 태운 연기가 서쪽 하늘에 길게 걸쳐 있었다. 모두들 해바라기마냥 높은 곳을 올려다보는 내내, 땅에 고개를 처박고 눈이 퉁퉁 붓도록 운 건 나 혼자였다.

알아요, 하고 말했다. 스피커에서는 다른 남자 가수가 나와 저를 떠나지 말라며 악을 쓰고 있었다. 스피커를 박살내버리고 싶었다. 알아요, 하고 말하면서 나는 두 개의 산을 넘던 어느 밤에 그랬듯이 주먹을 꾹 쥐었다.

"알아요. 당신들은 높습니다. 감히 그 끝머리를 쳐다볼 수도 없을 만큼 높습니다. 그러나 하부가 튼튼하지 않아, 이제 곧 무너질 수밖에 없어요. 우리에게 기댄다면 무너지지 않고 영속할 수 있습니다. 화내지 마세요. 나는 그 이야기를 진심으로 사랑합니다. 물론 아, 르, 판, 하고 당신 이름을 쾅쾅 찍어 출판할 수도 있었습니다. 하지만 그러면 어떻게 되었을까요? 당신은 열댓 개의 문장을 발음하는 앵무새처럼 유명해졌겠지요. 딱 그 정도의 관심으로 끝이랍니다. 당신 혼자이잖습니까? 와카의 문자로 책을 쓰는 사람은 당신 혼자이잖습니까? 당신 뒤로는 한 명도 남지 않게 되잖습니까? 문명 세계는 와카의 문학을, 와카에도 문학이 있었다는 사실

period produced that specific culture? No, we don't. Because that is how culture builds over time and passes down to future generations. If we keep obsessing over ownership, we'll all end up dying off, like that old woman with the broken neck."

My throat locked up. I thought back to that Waka holiday when the moon was full. Old Michu's wrinkled cheeks had turned pink from reminiscing about her wedding day. Gems and coins of all colors and sizes had dangled from her clothes and clinked against each other. Worried that her traditional hat, which was as tall as she was, might fall off at any moment, she'd used the thick tendon of a mountain goat to secure it firmly to her chin. Then, she struggled to walk along a pattern that she had, with great care, drawn on the courtyard with red dye, to signify blessings. After about ten minutes or so, her breathing became rough. I called out to her.

Michu, that's enough. Let me help you.

She chuckled and said, *You fool, can't you see I'm busy?*

Then her body began to tip backwards, and she fell, the towering head ornament falling along with her. When I rushed over to her, her neck was broken.

을 기억하지 않을 겁니다."

아르판이 뭐라 대꾸하기 전에 말을 이었다.

"그 이야기를 살리기 위해 내 이름을 붙였습니다. 어떤 결과가 나왔지요? 이것이 바로 체온으로 이루어진 공동체의 감각이라고, 농경과 정착의 문화가 빚어낸 아시아의 정신이라고 사람들이 말합디다. 이제껏 수십 개의 언어로 번역되었어요. 와카의 이야기는 이제 영원히 살아남게 된 것입니다."

나는 거의 화를 내고 있었다. 바락바락 대드는 심정으로 말했다.

"네, 나는 당신 것을 훔쳤습니다. 하지만 난 그 이야기의 주인공들에게 한국의 문화를 덧칠함으로써 더욱 멋지게 살려냈습니다. 내가 훔치지 않았더라도 당신 이야기가 살아남을 수 있었을까요? 세상에 드러났을까요? 아닙니다. 내가 훔치지 않았다면 그 이야기는 머지않아 당신과 함께 영원히 묻혀버릴 겁니다. 그렇다면 어느 쪽입니까? 불멸하는 것과 영원히 묻히는 것, 어느 쪽을 원합니까? 당신은 당신이 창조해 낸 인물들을 사랑합니까, 아니면 필경 수년 내에 쓰러져 묻힐 저 갸우뚱한 오두막에서의 명예를 사랑합니까?"

According to Waka custom, if a person dies while wearing traditional clothing, everything, along with the body itself, is cremated. Body and soul ascend together to the highest place in the world. And perhaps that was why Michu's face right before she was cremated looked so happy. It was positively smug. The Waka mourners stood in a circle with their backs to the rising flames. They kept their eyelids peeled open and stared straight ahead, presumably working together to protect the ascension of the deceased person's spirit from any enemies that might care to intrude. How long did we stand there? Suddenly, a skinny old man, who said he'd been in love with Michu in their younger days, pointed to the sky. *Look!* He shouted, his voice high and cracking.

"Look! There goes Michu!"

The smoke from her burning body dispersed across the western sky. While everyone else had their faces turned to the sky like sunflowers, I alone stared at the ground, crying my eyes out.

I know, I said. Another male singer was bawling, *Don't leave me*. I wanted to smash the speakers apart. I clenched my fists just as I had the night I crossed those two mountains.

"I know. You're way up there. You're so high up

옳지 않은 것을 설득하기란 어려운 일이다. 하지만 전혀 불가능한 것도 아니다. 그에게 윽박지른 논리는 내가 발명할 수 있는 최선의 것이었다. 말을 끝낸 뒤, 묘하게 고정되어 있는 아르판의 까만 눈을 피해 곱창볶음만 바라보았다. 부끄럽다기보다는 겁이 났다. 와카의 땅에서라면 이런 짓을 한 나는 그의 거친 손에 붙잡혀 죽었을지 모른다. 그리하여 취향도 뭣도 아닌 대중성으로 요란히 장식된 한국산 기성복과 함께 화장터에서 불살라졌을지 모른다. 하지만 이곳은 문명 세계고 나는 이곳의 주민이어서, 어느 순간 아르판의 눈빛이 맥없이 풀리리라는 것을, 제 피조물과 이야기를 영원히 살리는 쪽으로 동의하리라는 것을, 그래서 내가 이기리라는 것을 알고 있다. 과연 아르판이 눈을 몇 번 깜박이더니, 그윽하게 감는 것이었다. 스피커에서는 떠나지 말라며 악을 쓰는 목소리가 쉬지 않고 흘러나왔다. 나는 차라리 모든 것이 떠나가주면 좋겠다고 생각했다. 말 없는 아르판도, 나를 가난과 질병의 고통으로부터 구해준 저 책도, 불멸을 향한 아찔한 기만도, 저주받을 욕망과 열정도, 죄의식에 억눌려 살아가야 할 앞으로의 나날도 모두, 모두.

that I can't even see all the way to the end. But your foundation is weak. It'll collapse at any moment. If you lean against us, you won't fall. You'll live forever. Now, don't get mad. I truly love the story you wrote. Of course, I could have stamped your name on the cover—A-R-P-A-N—and published it that way. But what would have happened if I did? You would have been no more famous than the parrot who can speak fifteen sentences. That's exactly how much attention you would have drawn. Aren't you alone? Aren't you the only person who writes books in the Waka language? And won't there be no one after you? Civilized society will not remember Waka literature, or that you even had literature."

I kept going before Arpan could get a word in.

"I put my name on your story in order to save it. And look what happened. People are praising it, saying it embodies the spirit of Asia as formed through generations of deep-rooted agricultural communities. It has an artistic sensibility that comes from living close enough to others to feel their body heat. It's been translated into dozens of languages so far. Now the Waka story will live forever."

I was almost yelling by now. I turned on him.

조금 지나 아르판이 눈을 떴다. 맑고 굵은 눈에 형언할 수 없는 복잡한 빛이 어려 있었다. 잠시 나를 보더니, 천천히 일어났다. 일어나고 일어났다. 다 일어났다고 생각한 뒤에도 한참을 더 일어났다. 고급 승용차의 자동 안테나처럼 위로 쭉쭉 올라갔다. 그는 이제까지와는 달리 갸우뚱하게 서 있지 않았다. 엄청난 신장을 과시하듯, 자신이 얼마나 더 커질 수 있는지 아냐고 묻는 듯 똑바로 기립했다. 그 상태로 나를 내려다보았다. 부드럽게 미소 지으며 입을 열었다.

"이만 돌아가 쉬어야겠군요. 여러 가지로 수고해 주셔서 고맙습니다."

그렇게 말하는 아르판의 얼굴에는 놀랍게도 아무런 분노나 절망을 찾아볼 수 없었다. 아니, 겉으로만 보자면 오히려 정말로 고마워하는 것 같았다. 뜻밖의 반응에 당황한 나는 무릎으로 의자를 밀치고 일어났다. 어정쩡하게 작별의 인사를 건넸다.

"도샤, 도미알라."

아르판도 고개 숙여 인사했다.

"아리, 도미알라."

두 손을 마주 잡고 잠시 눈을 가늘게 뜬 뒤, 망설임 없

"Yes, that's right! I stole your story! But by adding Korean culture to your characters' stories, I made it better. Do you think your story would have survived if I hadn't stolen it? Would it have become known all over the world? No! If I hadn't stolen it, your story would be buried with you. So which is it? Which do you prefer? Living forever or being buried forever? Do you really love the characters that you created? Or, do you love the honor of that crooked shack, that crooked shack that will collapse and disappear beneath the earth in a matter of years?"

It's difficult to convince someone of something that is wrong. But it's not entirely impossible, either. The logic I'd been browbeating him with was the best I could come up with. When I was done talking, I avoided Arpan's dark eyes, which were fixed on me strangely. He stared at his stir-fried tripe instead. I was more afraid than ashamed. If I had done this on Waka land, he probably would have killed me himself with his own rough hands. Then my body would have been cremated along with whatever Korean-made, off-the-rack get-up I was wearing that had been gaudily designed according to what was considered popular rather than my own tastes or preferences. But because

이 돌아서 명동의 저편으로 걸어갔다. 큰 키로 휘적휘적 걸어갔다. 붙잡지 않았다. 붙잡을 수 없었다. 준비해 둔 말은 거기까지였다. 나 자신의 구차함에 견딜 수 있는 시간도 거기까지였다. 그 위대한 인간을 모욕하는 허세도, 앞에 앉혀놓고 뻔뻔하게 나불댈 수 있는 기백도 거기까지였다. 그래서 아르판이 먼저 작별 인사를 던졌을 때 나는 기뻤다.

어둠 속으로 퇴장하는 길쭉한 등을 보자니 맥이 쭉 풀렸다. 내가 모르는 무언가를 오랫동안 대답해 주던 등이었다. 그러나 이번엔 어떤 가르침도 담겨 있지 않은 것 같았다. 그가 맹렬하게 화를 내지 않아 서러웠다. 그가 나를 통째로 부정했더라도 나는 수긍했을 것이다. 아니, 그렇게 해줌으로써 내 마음에는 오히려 값싼 평온이 깃들었을 것이다. 하지만 그는 그러지 않았다. 대신에 몸을 쭉 펴고는 나를 떠났다. 자부심 강한 와카의 사내가 등을 보이며 그렇게 가버렸다.

스피커의 목소리는 떠나지 말라고 쉴 새 없이 지랄이었지만, 자학에 사로잡힌 내 정신은 육신도 떠나고 명동도 떠나 화장터의 한 줄 연기처럼 흔들렸다. 아르판이 짙게 깔린 밤 속으로 스며들고 있었다. 마치 처음부

we were in a civilized country, I waited stubbornly for the moment that Arpan's eyes would lose their focus, the moment he would consent to save his story and his creation forever, the moment, therefore, when I would win.

Arpan blinked several times and then gently closed his eyes. The speakers were still blaring out voices bawling, *Don't leave me*. But I thought it'd be better if everything left me—wordless Arpan, the book that saved me from the agony of poverty and illness, my own treachery for the sake of immortality, my cursed passion and ambition, the days ahead that I would have to live with beneath the weight of my own tremendous, irrepressible guilt, all of it. All of it.

After a while, Arpan opened his eyes. The look in those big, clear eyes was indescribable. He looked at me for a moment and then slowly rose. He rose and rose. Even after I thought he'd risen all the way, he kept on rising. He went straight up like the automatic antenna on a new car. He wasn't leaning as he always had before. He stood up straight, as if to show off his incredible height, as if asking me if I knew just how much taller he could get. From that position, he stared down at me. Then he smiled softly, and spoke.

터 존재하지 않았던 듯, 그렇게 밤 자체가 되는 중이었다. 문득 두 개의 산을 더듬어 돌아오던 와카에서의 밤이 떠올랐다. 그때와 마찬가지로 눈앞에는 막막한 어둠뿐이었다. 한 가지 다른 점이라면, 그 계절의 난 어떻게든 원래의 자리로 돌아가려 끈질기게 몸부림쳤었다는 사실이다. 암흑에 포위되어 밑도 끝도 없이 '세제이 망느'를 중얼거리면서도, 내딛는 한 걸음 한 걸음마다 짜낼 수 있는 최대치의 열정을 담았다. 비록 와카의 거인들 눈에는 터무니없이 얕고 앙상한 발자국에 지나지 않았을지라도 말이다. 그때까지만 해도 나는 진짜 작가였……

그런데.

그런데 그 순간, 자책으로 웅크려든 의식을 향해 섬광처럼 내리꽂히는 무언가가 있었다. 의아한 귀가 수분 전 이미 바람의 일부가 된 그의 마지막 인사말을 돌려 세웠던 것이다. 전과 달랐다. 나를 부른 호칭이 분명 전과 달랐다. 아르판은 친구를 의미하는 '도샤' 대신 아들 또는 후손을 뜻하는 '아리'를 사용했다. 아리, 내게서 생명을 받아간 자. 내게서 모든 걸 물려받은 사람.

어리둥절한 기분이었다. 관계를 지칭함에 있어 은유

"I have to go back and get some rest now. Thank you for all of your hard work."

To my surprise, I could not find a single trace of anger or despair in his face. Instead, on the outside, he really did look grateful. Flustered by this unexpected reaction, I pushed my stool back with my knees and stood up. I offered him a feeble farewell.

"Doh chaw, doh meeh ah loh."

Arpan bowed his head and returned the goodbye.

"Ah leeh, doh meeh ah loh."

We clasped hands and squinted at each other, and then Arpan turned without any hesitation and strode off across the Myeongdong street. He swung his long limbs as he went. I didn't stop him. I couldn't have stopped him. That was all I had prepared to say. That was also the longest I could endure my own pathetic self. The bluff of, insulting someone as great as him, the energy to sit across from him and drone on shamelessly—that was all I had in me. I was glad when Arpan was the first to leave.

As I watched at his long back exit into the dark, the last of my energy drained away. For a long time, that long back of his had been giving me the

를 경멸하는 와카의 언어 습관에 비추어보아 이례적인 말투였다. 게다가 내 쪽에서 일방적으로 느끼는 친밀감이라면 몰라도, 우리의 관계 자체는 그 정도로 가깝지가 않다. 따지고 보면 고작 이틀을, 그것도 초대 작가와 운영위원장으로 만난 형식적인 관계다. 어떻게 그가 나에게 '아리'라 부를 수 있단 말인가? 아니, 도대체 왜?

혼란스러워진 나는 급히 고개를 돌렸다. 세계의 바깥으로 미끄러져가던 아르판의 흔적을 샅샅이 쫓았다. 하지만 그는 벌써 은둔으로 곧장 회귀해 버린 후였다. 갈피를 잡지 못해 이리저리 떠돌던 눈이 테이블 위 곱창볶음에 닿았다. 거기서 한 올의 증기가 예리하게 피어올랐다. 바보야, 하는 그리운 미슈의 목소리였다.

바보야, 이걸 네가 만들었다고 생각해 버리면 되잖아. 사실은 내가 만든 거지만.

이 몸은 힘없는 공백인데, 길 저편의 어둠이 시커멓게 밀려오고 있었다. 등줄기에 소름이 돋았다. 어디선가 불쑥 손이 튀어나와 내 팔뚝을 꼭 붙들었다. 돌아보면 와카에 매혹되었던 시절부터 나를 꼭 붙들고 있던 익명의 손이었다. 겁에 질린 머릿속에서 뭔가가 자꾸만 재생되었다. 그리고 제멋대로 맥락을 이었다. 갸우뚱한

answers to things I didn't know. But this time, there was no lesson to be learned. I was sad that he hadn't angrily told me off. Even if he'd disputed everything I'd said, I would have accepted it. Or, rather, if he'd actually done that for me, my heart would have found a cheap kind of peace. But he hadn't. Instead, he'd unfolded his impossibly long, lean body and left. The proud Waka man had turned his back on me and simply left.

The voice coming out of the speaker was still blathering on about *not leaving*, but my spirit, still consumed with self-torment, had left my body, left Myeongdong, and was flitting through the air like a thread of smoke above a cremation site. Arpan was seeping away into the thick night. He was becoming the night itself, as if he had never existed at all. I suddenly recalled that night back in Waka when I was stumbling my way back over the mountains. Just like back then, all I saw before me was an impenetrable darkness. The only difference was that back then I had struggled feverishly to get back to where I'd started. Even while hemmed in by darkness, randomly muttering the words *she je mah* to myself, I'd put all of my passion into squeezing out one step after another. I had passion—even if that passion amounted to nothing more than footprints,

오두막, 이야기의 결말로부터 뛰쳐나간 리듬의 한쪽, 어수룩한 이방인에게 펼쳐놓는 창작의 시범 공연, 사명감을 품고 자기 나라에 돌아온 꼭두각시, 이어 제 정신의 DNA가 어떤 식으로 세상에 간섭했는지 확인한 뒤 자랑스럽게 허리를 펴 퇴장하는 아버지의 뒷모습.

오래전 어느 날이었다. 와카의 궁벽함에 지친 나머지 마당에 개처럼 드러누워 불평하고 있었다. 이게 다 뭐람? 바깥은 씽씽 돌아가는데 여기 숨어 저희들끼리만 높이 쌓으면 장땡인가? 그러자 곁에서 볕을 쬐던 미슈가 대꾸했다.

와카에는 와카의 방식이 있단다.

기묘한 울림이 느껴졌으나, 당시로써는 이해할 수 없었다. 그 짤막한 정오의 대화가 수많은 산맥을 넘고 광야를 지나 내게 다시 들려오고 있었다. 무슨 뜻이냐는 물음에 미슈가 깔깔 웃었다. 그리고 자부심 가득한 목소리로 이렇게 덧붙였다.

"바보야, 세상 모두가 와카라니까."

a passion ridiculously shallow and withered in the eyes of the Waka giants. Up until that point, at least, I was still a true writ—

But wait.

Right then, at that moment, something struck me, like a flash of a light where my consciousness still cowered. My incredulous ears recalled his last words to me minutes before he vanished into the wind. It was not his usual farewell. He'd clearly called me by a different term of address. Instead of saying *doh chaw*, which meant friend, he had used *ah leeh*, which meant son or descendant. *Ah leeh*, the one who receives life from me. The person who inherits everything from me.

I was bewildered. Considering the customs of the Waka language, which scorns metaphors, it was unprecedented. Furthermore, even if he did feel some one-sided affinity for me, our relationship as a whole had never been that close. Strictly speaking, our relationship had lasted only two days and it had been a formal one, at that, a relationship between an invited author and the head of the planning committee. How could he call me *ah leeh*? Or more to the point, why would he?

Frantically, I looked this way and that. I searched everywhere for signs of Arpan; he'd slipped out of this world. He had already gone straight back to his seclusion. My eyes roved all over without a clue as to where to find him, and then stopped at the tripe that still sat on the table. A single strand of steam climbed thinly into the air. *You fool.* It was the voice of good old Michu.

You fool, just say you made them. Even though you really didn't.

My body was a feeble vacuum, and the darkness across the street surged blackly towards me. A chill ran down my spine. A hand came out of nowhere and clasped my forearm tight. Looking back, it was the same anonymous hand that had been holding onto me since my days spent with the Waka. Something kept replaying itself inside my terrified mind. Then it all came together on its own: the slanted shack, half of the rhythm rushing out of the story's conclusion, the big show, the creative writing demo for nothing but a dopey foreigner, the puppet returning to his own country, mission ready, the father's back straight with pride as he walked away, the proud father finally secure in the knowledge that his spiritual DNA had inserted itself into the world.

One day, a long time ago, I'd sprawled out like a dog in the yard, exhausted by the seclusion of the

Waka. I'd complained to Michu: *What the hell? What's so great about hiding away here, stacking things high amongst ourselves, while the rest of the world is whizzing by?*

Michu, who had been basking in the sun beside me, retorted: *The Waka live by the Waka way.*

What she said left a strange echo, but I didn't understand it at the time. That brief conversation at noon was making its way back to me now over countless fields and mountain ranges. When I'd asked her what that meant, Michu had laughed. And then, in a voice filled with pride, she'd added:

"You fool. It means we are all Waka."

Translated by Sora Kim-Russell

창작노트
Writer's Note

소설 「아르판」을 쓰며 나는 특히 세 가지를 고민했다. 그 하나는 '문화의 전파'다. 다른 하나는 '표절'이다. 마지막 하나는 '둘이 얼마나 다르며, 어떻게 구분할 수 있는가'다. 애초부터 명료한 답을 추구한 게 아니어서, 이 소설은 질문의 서사적 형태라 보아도 무방할 것이다.

한 공동체의 문화를 지켜야 한다는 주장에는 흔히 두 가지 전제가 깔려 있다.

그 하나는 순수성이다. 문화란 물리적이거나 정신적인 경계를 공유한 구성원들에 의한 고유의 발명품이라는 것이다.

그런데 한국의 문화, 중국의 문화라 호칭되는 것들이

While working on "Arpan," I wrestled with three topics in particular. One was the issue of "transmitting culture," the second was the topic of plagiarism, and the last was a question: "How different are the two, and how can we tell them apart?" My goal was not to find a clear answer; rather, one might say the story itself was a narrative rephrasing that same inquiry.

There are two common premises that underlie the assertion that we must preserve the culture of a given community.

The first is that cultures can remain pure, meaning cultures are inventions unique to those members who share their physical or mental boundar-

과연 순수하게 한국이나 중국의 문화인가? 현생인류의 역사와 맞먹는 세월에 걸쳐 이합집산해 온 그 수많은 인격들의 개별적 자원을 현재 국가의 이름으로 익명화하는 행위가 온당한가? 이러한 가정을 해보자. 우리가 병자호란 이후 청의 지배에 들어가 오늘날까지 중국의 일부로 살고 있다면, 우리는 조선을 그리워할까 아니면 중국인임을 자랑스러워할까? 일본제국주의 식민치하에서 벗어나지 못하여 현재 일본의 일부로 살고 있다면, 우리는 조선을 그리워할까 아니면 일본인임을 자랑스러워할까? 이 질문은 다른 방식으로 변형될 수 있다. 옛적의 신라인과 백제인은 신라와 백제를 그리워할까 아니면 오늘날 같은 한국인임을 자랑스러워할까? 오나라와 월나라 사람들은 오나라와 월나라를 그리워할까 아니면 오늘날 같은 중국인임을 자랑스럽게 여길까? 이는 매우 위험한 질문인데, 왜냐하면 근원에 대한 이러한 질문이 계속될수록 현 공동체를 향한 결집력은 약해질 수밖에 없기 때문이다. 하지만 그게 두려워 질문자체를 가두는 건 병신이나 하는 짓거리다. 물론 평범한 한국인이라면 중국인이나 일본인이 아니라 한국인으로 살고 있다는 사실에 안도할 것이다. 그러나 이것

ies.

But are those things that we call Korean or Chinese purely Korean or Chinese? Is it fair to render anonymous in the name of the nation the individual resources of the great many people who have come together, dispersed, and come back together again over the course of human history? Imagine for a moment that, following the Manchu Invasion of 1636, the Korean peninsula had been conquered by the Qing Empire and made part of China. Would we miss our places in the Joseon dynasty, or would we take pride in our new Chinese identities? If we had not escaped Japanese imperialism and remained part of Japan, would we miss being "Joseon-ese," or take pride in being Japanese? We can rephrase this question again. Would a Shilla person and a Baekjae person of old miss belonging to Shilla and Baekjae, or would they pride themselves on belonging to a new, modern Korea? Would people from the Wu and Yue States of the Spring and Autumn Period miss belonging to Wu and Yue, or would they consider it a point of pride to live as a modern-day Chinese individual? In the end, these are all very dangerous questions. The reason for this is that when you continue asking these sorts of questions about origins, then the

이 곧 앞선 질문의 답이 될 수는 없다. 어느 쪽이건, 현재 소속된 공동체의 이름에 자부심을 갖는 쪽이 심리적으로 이득이거나 혹은 공동체로부터 그렇게 교육받는다고 보는 게 자연스럽다.

두 번째는 약육강식의 논리다. 힘이 약한 문화는 다른 문화의 침입에 의해 절멸되며, 그것은 문화의 다양성을 해치기 때문에 막아야 한다는 것이다.

완전히 틀린 말은 아니다. 국제사회는 외부 세력의 부당한 침탈에 대항할 공동의 합의기구를 운영하고 있다. 무분별한 토건정책으로부터 습지 생태계를 보호하려는 시민사회의 노력도 같은 맥락에서 이해할 수 있다. 이 모두가 강자독식의 야만에서 벗어나고자 하는 근대적 인식의 소산이다. 하나의 지역에서 태동한 문화가 다른 지역으로 전파되는 과정에는 분명 자발적 동조를 생략해 버리는 힘의 논리가 존재한다. 하지만 그 방향은 군사적 침략이나 생태계 파괴처럼 단순하지 않으며, 종교를 제외한다면 심지어는 그다지 폭력적이지도 않다. 대부분의 성공적인 문화는 그 자체가 지닌 거부할 수 없는 이점으로 인해 전파되기 때문이다. 이를테면 나그네에게 음식을 제공하는 레스토랑 문화는 로마의

unifying power of existing communities can't help but weaken. But it would be stupid to dismiss the question outright out of fear. Of course, ordinary Koreans might feel relieved to call themselves Korean and not Chinese or Japanese. But still, that does nothing to answer the question. Either way, it's natural to view that one takes pride in one's community name because of its psychological advantage, or as a result of a certain level of indoctrination by that community.

The second premise is that cultures rise and fall according to the "law of the jungle." Weaker cultures are stamped out as a result of opposing cultural invasion, and thus we should stymie these efforts for their deleterious effects on cultural diversity.

This is not entirely incorrect. International societies manage joint agreements and organizations in order to counter wrongful dispossession by external forces. One can also understand this in the context of analogous situations such as civil society's efforts to protect wetland ecosystems from indiscriminate civil engineering and construction policies. All of this is the result of our new modern awareness to overcome the barbarism of "might makes right." In the process of spreading a bud-

카라칼라 욕장(浴場)에서 태동해 이슬람권을 거쳐 유럽으로 역수입되었는데, 18세기에 이르러 프랑스의 불랑제가 단품식사 체계를 고안한 이후 세계 전역에 동시다발적으로 퍼져나가기 시작했다. 오늘날 열대지방의 레스토랑이건 극지방의 레스토랑이건 유사한 형태로 여행자를 맞이하는 이유는 그 규격과 형식이 매우 편리하기 때문이다. 반면에 음식 값을 치르는 방식은 여전히 통일되어 있지 않다. 아시아만 하더라도 한국이나 일본은 보통 식사를 마친 다음 카운터로 걸어가 계산한다. 그런데 중국과 태국과 미얀마는 '마이딴' '깹땅' '씨메' 하고 목청껏 외친 후 테이블에 앉아 계산한다. 이처럼 이웃한 나라들 사이에도 방식의 차이가 나타나는 이유는 어느 한쪽이 일방적이고 압도적으로 편리하지 않은 탓이다. 대중교통체계나 아파트 형태나 통신시스템과는 달리 즉각 받아들여봤자 별 이득이 없는 것이다.

이처럼 한 공동체의 문화를 지켜야 한다는 주장에는 반론의 여지가 많다. 그런데 그 충성심이 옳은 것인가에 대한 질문 대신 그것이 과연 이로운가, 다시 말해 한 공동체의 문화를 사수하려는 노력이 그 문화의 존속에 현실적으로 기여하는가를 따져보면 상황은 더욱 곤란

ding culture from one region to another, there is a clear logic of might omitting any kind of voluntary agreement. But the direction of this sort of invasion is not as simple as employing military aggression or ecological destruction, and when religion is excluded, the results may not even be all that violent. Most successful cultures spread because they possess undeniable advantages.

For example, restaurant culture, or essentially, the culture of providing food to travelers, originated from the Baths of Caracalla in ancient Rome and was reimported to Europe via the Muslim world. It then spread throughout the world in the eighteenth century, following the French restaurateur Boulanger's invention of the single-plate meal system. The reason that today's restaurants, whether in the tropics or near the poles, follow a similar format for receiving travelers is due to the convenience of that form and standard.

At the same time, the method of paying for this food has never found itself unified. Within Asia alone, the methods are diverse. In Korea and Japan, customers usually pay at the counter after finishing their food. In China, Thailand, and Myanmar, however, customers heartily shout out *"mai dan,"* *"geb dang,"* or *"shi me"* and settle their bills at their

해진다.

문화가 존속하는 방식은 생명체가 존속하는 방식과 같다. 변화와 적응이 그것이다. 변화는 타 문화를 받아들여 자신의 것으로 만드는 행위다. 적응은 타 문화에 흡수되어 확장된 외연 속에 자신의 고유한 요소를 유지하는 행위다. 이 두 가지 외에는 길이 없다. 가만히 그 자리에 웅크린 채로 남에게서 영향을 받지도 주지도 않는 문화는 살아남을 방도가 없거니와 그럴 가치조차 없다. 그러니 문화를 지키려는 의지가 마침내 문화를 죽인다는 역설이 탄생하게 된다. 자발적으로 구현된 한 공동체의 정신은 인위적인 억압이 가해지는 순간 관습으로 변질된다. 향유의 대상이 아니라 수호의 대상이 되는 것이다. 그러할 때 시간은 그 문화를 땅속 깊이 매장하는 방향으로 움직인다. '와카족'은 이를 잘 알고 있었고, 그래서 이방인에게 표절을 유도하는 방식으로 저들의 문화를 세계에 퍼뜨려왔다. 텍스트에 새겨진 제 이름을 지움으로써 불멸을 꾀한 것이다. 이것은 곧 생명체의 DNA가 하는 일이기도 하다.

예술이란 한 공동체의 온갖 역량이 집결되어 나타나는 창조적인 형태의 문화이며, 뛰어난 예술일수록 역사

tables. The reason these differences appear even among neighboring countries is that no one method is unilaterally or overwhelmingly convenient. Unlike public transportation, apartment layouts, or communications systems, there is no particular benefit to immediately adopting other methods.

There are a number of objections to any assertion that one absolutely must preserve a community's culture. But asking if this is ultimately advantageous to the culture or, to put it another way, if the effort to defend any one culture to the death realistically contributes to that culture's continued existence, instead of asking if such loyalty is right, makes the situation much more difficult.

The mechanisms through which cultures continue to exist are the same as that by which organisms continue to exist: change and adaptation. Change, in this sense, means accepting other cultures and making them your own. Adaptation means integrating into another culture and preserving your own unique elements within that extended denotation. There is no other way outside of these two paths. For cultures who keep to themselves and refuse to give or accept influence from others, not only are there no means to their survival, but there is no merit to their survival.

를 자신의 전대와 후대로 나눠 버리는 변혁의 힘을 발휘한다. 그러나 비교문학을 통해서도 알 수 있듯이 극히 순정하고 예외적인 예술작품에서조차 우리는 모방과 표절, 혼용과 교류의 흔적을 무수히 발견할 수 있다. 왜냐하면 한 공동체의 문화예술역량은 닫힌계에서 자연발생 하는 게 아니라 다른 공동체와의 협조 혹은 반목을 거쳐 구축되는 것이기 때문이다. 하나의 온전한 창작물이 등장하려면 거기에는 창조의 힘도 중요하지만 넘보고 극복하려는 힘이 절대적으로 필요하다. 그에 더해 모든 예술은 인류의 영혼 속에 내재되어 있는 몇몇 이미지에 상당 부분 빚고 있다. 넓게 보아 예술이란 원형심상에 모종의 질서를 부여하는 작업이기 때문이다. 그러니 설령 저 궁벽한 산악지대에 사는 와카의 문화라 할지라도 그것이 오롯이 와카의 것만은 아니게 된다.「아르판」의 주인공은 원전(原典)에 대한 열등감으로 괴로워하지만, 그러나 현실에서의 원전이란 우리가 익히 보아온 그러한 형태로 어느 날 뚝딱 발명된 게 아니다.

표절하는 개자식들을 옹호할 생각은 없다. 세상 어느 것도 하늘에서 뚝 떨어지지 않았다는 말을 하려는 것이

Thus, a paradox arises: the will to preserve culture ultimately destroys it. Insofar as one voluntarily forms the culture of a community, the moment artificial pressure is applied, it spoils by becoming mere convention. No longer is the culture something for one to enjoy but rather it becomes something to guard. When that happens, time moves towards burying that culture deep in the ground. The "Waka" know this well and spread their culture to the rest of the world by inducing a foreigner to commit plagiarism. By erasing their name from the text, they conspire to live forever. This is also how the DNA of living organisms continues to find itself spread across the globe.

Art is a creative form of culture that appears when all capabilities of a given community are brought together. The better the art, the stronger the revolutions that divide history into previous and later generations. But, as we can see through countless comparative literature studies, even within the purest and most exceptional works of art we find countless traces of imitation and plagiarism, combination and exchange. The reason for this is that a given community's arts and culture do not spontaneously generate within a closed system. They are, rather, formed through either coopera-

다. 예술이란 약탈하고 포섭되고 뒤섞이는 탁류 속에서 자라나는 흐릿한 꽃이다. 향취를 감상하는 건 우아한 작업이나, 당신은 결코 그 꽃 고유의 냄새만을 골라 취하지 못한다.

tion with or antagonism against other communities. In order for an entire new work to germinate, the power of creativity is important, but what is absolutely necessary is the power to covet and overcome.

What's more, all arts owe a considerable debt to the images inherent to humanity's basic soul. Broadly speaking, the production of art is the task of investing prototypical images with a certain order. But not even the Waka's culture, nestled in the most remote mountainous regions, belongs solely to the Waka. The protagonist of "Arpan" is tormented by feelings of inferiority towards the origin of his work. In reality, though, what we call the original wasn't suddenly invented one day in the form that we are all familiar with now.

I have no desire to defend assholes who plagiarize. I'm just trying to say that things don't simply fall from the sky. Art is a blurred, amorphous flower that grows from a looted, subsumed, and thoroughly muddied stream. While appreciating its fragrance is an elegant task, you're never smelling only that one flower's unique scent.

해설
Commentary

"바보야, 세상 모두가 와카라니까"

이경재 (문학평론가)

박형서의 「아르판」(《문학과사회》, 2011년 여름호)은 작가
의 글쓰기에 대한 자의식이 오롯하게 드러난 작품이다.
그러한 자의식은 '이야기 자체의 즐거움을 추구하는 글
쓰기에 대한 강조' '원본과 사본을 가르는 것의 무의미
함 혹은 불가능함에 대한 자각' 등으로 정리할 수 있다.
이러한 자의식은 현 단계 한국문학의 중요한 자의식이
라고 할 수 있으며, 박형서는 이러한 주제 의식을 동남
아의 고산지대 마을을 끌어들여 문학적으로 형상화하
는 데 성공하고 있다.

작가인 '나'에게 창작이란 상식과 평범의 틀을 깨뜨리
는 일에 해당한다. 그것은 일상의 평범한 삶과 그로부

"You fool. It means we are all Waka."

Lee Kyung-jae (literary critic)

Park hyoung su's "Arpan" (*Literature and Society*, Summer 2011) is a true picture of a writer's self-awareness as a writer. This self-awareness is divided into two messages: the emphasis of writing as a pursuit of the joys of storytelling, and the meaninglessness or impossibility of separating the derivation from the original. This self-awareness is a critical one for Korean literature today, and Park sets this issue in a high-altitude village in Southeast Asia to enable its literary manifestation.

For this novel's writer-protagonist writing means crossing the boundaries of common sense and normalcy, a rejection of the average pedestrian life and the stability it brings. The protagonist, then,

터 비롯되는 안정을 거부하는 일이기도 하다. 주인공이 그 젊고 뜨겁던 시절을 별 자극도 없는 오지의 적막 속에서 보낸 이유는 "남과 다른 삶, 남과 다른 생활이 바로 예술가의 임무"(14쪽)라고 생각했기 때문이다. 그에게 예술가의 임무란 "초월에 대한 갈망"(14쪽)에 충실한 것이고, 이 임무에 충실하고자 그는 와카족의 마을을 방문하여 아르판을 만나게 된 것이다.

작가로서 제대로 된 인정조차 받지 못하던 '나'는 아르판의 소설을 표절(번안)함으로써 간신히 작가로서 입신할 수 있었다. 소설의 제목이기도 한 아르판은 태국과 미얀마 접경 고산지대에 사는 와카족 마을에서 유일하게 와카 글자를 사용하여 글을 쓰는 사람이다. 아르판은 이 작품에서 주인공이 생각하는 가장 이상적인 작가로 그려진다. 아르판은 "공동체의 언어를 가꾸고 다듬는 데 대가 없는 행복을 느끼는 진짜 작가"(34쪽)로서, '이야기 자체의 즐거움'을 가장 중요시한다. 이 때 '이야기 자체의 즐거움'은 두 가지 의미를 지닌다. 첫 번째는 아르판이 그러했던 것처럼 독자의 반응에 상관하지 않는 태도, 즉 "아무도 들어주지 않는 이야기를 써 내려가는"(40쪽) 태도를 의미하고, 두 번째는 재미있는 이야기

chooses to spend the most passionate days of his youth in the dead silence of an incredibly remote region, the village of Waka, located on the border between Thailand and Myanmar. The protagonist does this because he believes it is "the duty of an artist to live a life that [is] different from others, to pursue a lifestyle unlike any other." For him, the duty of an artist is to stay true to his "longing for transcendence," a choice that ultimately leads him to Waka and, even more crucially, the story's titular character Arpan.

To the protagonist, Arpan is the quintessential writer. He is also the only writer in the entire Waka village, the only person who crafts written stories from the Waka tongue. According to the protagonist he is a writer "who experienced the unpaid joy of crafting and refining the language of his community," someone who prioritizes the joy of storytelling above all else. To the protagonist, this is groundbreaking in two ways: first, Arpan demonstrates an attitude of complete indifference to the readers' reactions; indeed, he literally writes stories that "no one will ever hear." Second, it is this attitude that allows Arpan to write incredibly entertaining stories, a fact that leads to the protagonist ultimately stealing one of Arpan's for his own in an

를 만들어 내는 것을 의미한다. 실제로 '나'가 표절한 아르판의 이야기는 "이야기 자체에 관한 이야기이면서 우리의 척박한 삶에 왜 이야기가 필요한지를 말해 주는 이야기"(64쪽)이다.[1]

아르판이 '제3세계작가축제' 참석차 한국을 방문한다. 사실 아르판의 한국행은 '나'가 표절에 대한 죄책감을 덜고 자신을 합리화하기 위해 마련한 자리이다. 아르판을 향한 마음은 복잡 미묘하다. '나'는 아르판을 누구보다 사랑하지만 그 이면에서는 "형언할 수 없는 증오"(18쪽)를 느낀다. 그것은 "극복할 수 없는 원전(原典)을 향한 후대의 혐오와 비슷한 것"(18쪽)으로, 오이디푸스 콤플렉스에 빠진 아들이 아버지를 대하는 마음에 견주어 볼 수 있다. 주인공 '나'는 한국에 온 아르판 앞에서 다음처럼 자신의 표절 행위를 합리화하고자 하다.

비록 광동의 리듬을 차용했지만, 이 곡에는 자신이 거쳐온 네덜란드나 영국, 일본, 그리고 우리 한국의 고유

---

1) 박형서는 이미 「자정의 픽션」(《문예중앙》, 2010년 겨울호)이라는 제목으로 단편소설을 발표한 바 있다. 이 소설 역시도 한 부부가 나누는 대화를 통하여, 재미있는 이야기가 지닌 힘과 의의에 대하여 말하고 있다. (졸고, 「감추려 해도 감출 수 없는 소설의 뒷모습」, 《문학나무》, 2011년 봄호)

act of supreme desperation. The writer protagonist has no other ideas upon returning from Waka. He is desperate but he is, at least, compelled by Arpan's writing, writing that is "both a story about stories and a story that explained why we needed stories in our barren lives."[1]

Eventually, Arpan himself is invited to Korea to attend the Third World Writers' Festival, a writer of note, considering he is the only writer of his kind. The real purpose of this invitation, however, is to help alleviate the writer's guilt over thoroughly plagiarizing Arpan's work. The protagonist's feelings toward Arpan are complex. The protagonist claims, "I cared more about Arpan than anyone else in the world. Still, I couldn't deny the fact that lurking on the other side of that love was an indefinable hatred. Maybe it was similar to the hatred that later generations feel towards an unconquerable original." There are clearly Oedipal characteristics to this relationship, the proverbial "son" trying to rationalize his action to his "father":

---

1) Park hyoung su published a short story called "Midnight Fiction" (*Munye Joongang*, Winter 2010). This story is also about the power and meaning of stories that unfold through conversations between a couple. I have also previously made this point in my article, "The Unconcealable Other Side of Novels" (*Munhak Namu*, Spring 2011).

한 향수가 모두 담겨 있습니다. 게다가 알려진 게 그 정도라 그렇지, 더 깊이 파고들다 보면 전혀 다른 지역으로까지 소급해야 될지도 모릅니다. 그러니 이 복잡한 노래의 마디마디에서 원작자를 찾는 건 불가능할 뿐 아니라 옳지도 않습니다. (……) 인간의 예술은 단 한 번도 순수했던 적이 없습니다. 우리가 벌이는 모든 창조는 기존의 견해에 대한 각주와 수정을 통해 나옵니다. 그렇게 차곡차곡 쌓이는 겁니다. (62쪽)

"물론 아, 르, 판, 하고 당신 이름을 쾅쾅 찍어 출판할 수도 있었습니다. 하지만 그러면 어떻게 되었을까요? 당신은 열댓 개의 문장을 발음하는 앵무새처럼 유명해졌겠지요. 딱 그 정도의 관심으로 끝이랍니다. 당신 혼자이잖습니까? 와카의 문자로 책을 쓰는 사람은 당신 혼자이잖습니까? 당신 뒤로는 한 명도 남지 않게 되잖습니까? 문명 세계는 와카의 문학을, 와카에도 문학이 있었다는 사실을 기억하지 않을 겁니다."

아르판이 뭐라 대꾸하기 전에 말을 이었다.

"그 이야기를 살리기 위해 내 이름을 붙였습니다. 어떤 결과가 나왔지요? 이것이 바로 체온으로 이루어진

"Even though the song borrows its rhythm from Guangdong, it also contains elements unique to the countries it's passed through—the Netherlands, England, Japan, and even our own Korea. Furthermore, that's all we know about it right now. If we looked deeper, we might have to backtrack further to a whole other part of the world. But not only is it impossible to find the original authors of every single word of this song, it's also wrong. [...] The human arts have never once been pure. Every act of creation we undertake is footnoted and amended with respect to an existing point of view. It builds up layer by layer."

"Of course, I could have stamped your name on the cover—A-R-P-A-N—and published it that way. But what would have happened if I did? You would have been no more famous than the parrot who can speak fifteen sentences. That's exactly how much attention you would have drawn. Aren't you alone? Aren't you the only person who writes books in the Waka language? And won't there be no one after you? Civilized society will not remember Waka literature, or that you even had literature."

I kept going before Arpan could get a word in.

공동체의 감각이라고, 농경과 정착의 문화가 빚어낸 아시아의 정신이라고 사람들이 말합니다. 이제껏 수십 개의 언어로 번역되었어요. 와카의 이야기는 이제 영원히 살아남게 된 것입니다."(74쪽)

  실제로 주인공의 우려처럼 아르판의 책은 한국 독자들에게 철저하게 외면당한다. 주인공이 아르판의 책을 표절하여 쓴『자정의 픽션』은 팔목이 저리게 서명을 해야 할 만큼 많이 팔린 것과 달리, 아르판의 책은 일곱 권만이 팔렸을 뿐이다. 또한 '제3세계작가축제'에 초청된 아르판이 책을 낭독하자 사람들은 "무자비한 우월감"(26쪽)에 바탕하여 웃기 시작한다. 그 무례함은 낭독이 끝나고 대화 순서가 되자 더욱 심해진다. 아르판이 수많은 현대인과 직접적으로 소통하기에는 많은 어려움이 따르는 것이 엄연한 사실인 것이다.

  사정이 그렇다 하더라도 '나'는 표절에 대한 죄책감을 떨쳐버리지 못한다. 자신을 합리화하는 '나'는 마음속 깊은 곳에는 자신을 부끄럽게 여기는 마음이 남아 있었던 것이다. 스스로 자신의 논리가 지닌 허점이 "문화와 예술의 차이를 구분하지 않은"(62쪽) 것이라고 말하기

"I put my name on your story in order to save it. And look what happened. People are praising it, saying it embodies the spirit of Asia as formed through generations of deep-rooted agricultural communities. It has an artistic sensibility that comes from living close enough to others to feel their body heat. It's been translated into dozens of languages so far. Now the Waka story will live forever."

The protagonist's concerns turn out to be justified. Arpan's book is completely ignored by the Korean readers at the book festival and sells only seven copies. *Midnight Fiction*, on the other hand, which plagiarizes Arpan's book, sells so many copies the protagonist's wrist grows numb from signing. Additionally, when Arpan reads an excerpt from his book at the Third World Writers' Festival, the audience laughs with a "ruthless sense of superiority." The audience's disrespect worsens during the Q&A. At the very least, one can't deny that Arpan has myriad obstacles to hurdle in order to communicate directly with the modern reader.

But no matter how accurate the protagonist turns out to be concerning the inaccessibility of Arpan's writing, the protagonist cannot stop feeling guilty about what he has done. On the one hand, the

도 하고, "옳지 않은 것을 설득하기란 어려운 일"(76쪽)
임을 스스로 인정하기도 한다. '나'는 "차라리 모든 것이
떠나가주면 좋겠다고 생각했다. 말 없는 아르판도, 나
를 가난과 질병의 고통으로부터 구해준 저 책도, 불멸
을 향한 아찔한 기만도, 저주받을 욕망과 열정도, 죄의
식에 억눌려 살아가야 하는 앞으로의 나날도 모두, 모
두."(78쪽)라고 말하는 것에서 알 수 있듯이, 끝내 자신
을 합리화하는 데 실패하고 만다.

  이 순간 반전이 일어난다. 피해자라고 할 수 있는 아
르판이 "아무런 분노나 절망"(78쪽)도 드러내지 않고,
"여러 가지로 수고해 주셔서 고맙습니다."(78쪽)라는 말
을 남기고 작별을 고하는 것이다. 나아가 아르판은 "도
샤, 도미알라" 대신 "아리, 도미알라"(80쪽)라는 인사말
을 남긴다. '도샤'가 친구를 의미한다면 '아리'는 "내게서
생명을 받아간 자. 내게서 모든 걸 물려받은 사람"(84쪽)
을 의미하며, '아리'라는 호칭은 아르판이 '나'를 자신의
후계자로 받아들였음을 의미한다. 마지막에 아르판은
"제 정신의 DNA가 어떤 식으로 세상에 간섭했는지 확
인한 뒤 자랑스럽게 허리를 펴 퇴장하는 아버지의 뒷모
습"(86쪽)을 보여주는 것이다. 「아르판」은 "바보야, 세상

writer finds plenty of flaws in his own arguments, "which made no distinction between culture and art," but he also continues to make excuses for himself: "It's difficult to convince someone of something that is wrong." In the end, he fails to rationalize his actions "But I thought it'd be better if everything left me—wordless Arpan, the book that saved me from the agony of poverty and illness, my own treachery for the sake of immortality, my cursed passion and ambition, the days ahead that I would have to live with beneath the weight of my own tremendous, irrepressible guilt, all of it. All of it."

But at the eleventh hour, there is a twist. The clear victim of this tale, Arpan, thanks the protagonist for his hard work without "a single trace of anger or despair in his face." He bids farewell—"*Ah leeh, doh meeh ah loh*,"—and eschews the more traditional—"*Doh chaw, doh meeh ah loh*.*"* The writer immediately recognizes the significance of the distinction—"doh chaw" meaning "friend" in Waka while "ah leeh" implies "son or descendant... one who receives life from me. The person who inherits everything from me." Arpan accepts the protagonist as his heir and walks away, "the father's back straight with pride... finally secure in the knowledge

모두가 와카라니까."(86쪽)라는 문장으로 끝난다. 원본과 사본을 가른다는 것의 무의미함 혹은 불가능함을 말하고 있는 대목이 아닐 수 없다. 박형서의 「아르판」은 포스트모더니즘 미학이 지닌 빛과 그림자를 동시에 드러내고 있는 문제작이다.

이경재 서울대학교 국어국문학과 및 동 대학원을 졸업했고, 2006년 《문화일보》 신춘문예 평론부문에 당선되었다. 현재 숭실대학교 국어국문학과 교수로 재직하고 있다. 저서로 『단독성의 박물관』 『한설야와 이데올로기의 서사학』 『한국 현대소설의 환상과 욕망』 『끝에서 바라본 문학의 미래』 등이 있다.

that his spiritual DNA had inserted itself into the world." Park's story hammers home the point that separating the derivation from the original is meaningless, Arpan's final words being: "You fool. It means we are all Waka." Park hyoung su's "Arpan" is a controversial work that traces the lights and shadows of postmodernist aesthetics.

Lee Kyung-jae Lee studied Korean literature as an undergraduate and graduate student at Seoul National University. He made his literary debut in 2006 by winning the criticism award at *the Munhwa Ilbo* Spring Literary contest. Currently a professor of Korean literature at Sungsil University, he has published *Museum of Individuality*, *Han Solya and the Narratology of Ideology*, and *Illusion and Desire in Modern Korean Novel, and The Future of Literature Seen From the End*.

비평의 목소리
Critical Acclaim

k

박형서는 타고난 이야기꾼이다. 패관문학이 흥했던 시기라면 세간에 떠도는 수많은 이야기들의 알려지지 않은 지은이쯤 되었을 것이다. 지금은 21세기, 박형서는 새로운 세상의 업그레이드판 패관문학의 알려진 지은이다. 그는 유머, 순정, SF, 철학, 문학사, 신화, 정신분석, 과학, 패러디, 에세이 등의 모든 담론들을 섞고 분류하고 재배치하여 새로운 세기의 하이브리드 소설을 창조했다. (……) 거창하게 말하자면 그의 소설에는 기호론과 구조주의, 시학과 서사학, 언어학과 신학, 신화와 문학, 철학과 물리학이 동거하고 있다. 아무리 거창하게 말해도 그의 패관문학적 서술에는 미치지 못할 것이

Park hyoung su is a born storyteller. In the pre-novel days he could have been an anonymous original author of many popular stories. In the twenty-first century, Park is a known author, an upgraded modern storyteller. He has created hybrid novels by mixing, classifying, and re-arranging all manner of discourse—comic, lyrical, science-fictional, philosophical, mythical, psychoanalytical, scientific, parodic, essayistic... Although I may be somewhat hyperbolic in saying this, semiotics and structuralism, poetics and narratology, linguistics and theology, myths and literature, philosophy and physics coexist in his novels. No matter how grand his stories may be, they cannot compare with his

다. 그는 이 모든 것을 진지한 농담과 우스꽝스러운 비애의 어조에 실어 말한다. 이를 진농(眞弄)과 소애(笑哀)의 문학이라 부르면 될까? 그가 이를 유지함으로써 우주의 비밀을 누설하는 일을 계속하기 바란다.

권혁웅, 「박형서 프로젝트」, 『핸드메이드 픽션』, 문학동네, 2011.

박형서의 수법은 자기 변태다. 그러니 해석할 것은 없다. 따라다니면서 즐기다가 곳곳에서 튀어 오르는 열쇠나 챙기면 된다. 문학의 새로운 입구 말이다. (……) 박형서는 자주 자신을 이야기의 한 재료로 내던짐으로써 그 변태의 흔적들을 꼼꼼히 탐색하고, 낯선 영토들을 언어의 표면으로 불쑥 솟아오르게 한다. 변태. 박형서는 고치처럼 언어로 체험을 감쌌다가 풀어놓고, 현실을 한계에서 비틀어 가능성의 출구를 열며, 현재의 여백을 탐색하고 잉여를 사유 속에 출현시킨다. 우리가 문학이라고 부르기도 하고 다른 어떤 것으로 불러도 아무 상관없는, 때로 터무니없는 생각의 조직이자 때로 사건의 견고한 구축이기도 한 기이한 언어 군집체들을 탄생시킨다.

장은수, 「발문—농담의 악마」, 『끄라비』, 문학과지성사, 2014.

incredible storytelling flair itself. He carries all his stories in the style of grave jokes and ridiculous pathos. Perhaps we can call his works the literature of grave jokes and ridiculous pathos? I hope he maintains this unique style of his and continues to leak cosmic secrets for us.

Kwon Hyeok-ung, "Park hyoung su Project,"

Handmade Fiction (Munhakdongne, 2011)

Park hyoung su has a metamorphic style. But we don't need to interpret it. We should just follow it and continue to pick up the keys jumping out along the way. His works provide a new entryway to literature... Park hyoung su often uses himself as his own literary material, exploring himself closely and pushing through unfamiliar territories to the very surface of language. Metamorphosis. Park hyoung su wraps experiences in language as if he were shaping a cocoon and then releases them again. Park twists reality from its limits to open new possibilities. Park explores the margins of the present and creates excesses for thought. He creates congregates of strange languages, something that it doesn't matter whether we call it literature or not, sometimes an organization of absurd thoughts and solid construction of incidents.

Jang Eun-su, "Afterword: Devil of Jest," *Krabi* (Munji, 2014)

K-픽션 002
아르판

2014년 8월 29일 초판 1쇄 인쇄 | 2014년 9월 5일 초판 1쇄 발행

지은이 박형서 | 옮긴이 김소라 | 펴낸이 김재범
기획위원 정은경, 전성태, 이경재
편집 정수인, 이은혜, 윤단비, 김형욱 | 관리 박신영 | 디자인 이춘희
펴낸곳 (주)아시아 | 출판등록 2006년 1월 27일 제406-2006-000004호
주소 서울특별시 동작구 서달로 161-1(흑석동 100-16)
전화 02.821.5055 | 팩스 02.821.5057 | 홈페이지 www.bookasia.org
ISBN 979-11-5662-043-3(set) | 979-11-5662-045-7(04810)
값은 뒤표지에 있습니다.

K-Fiction 002
Arpan

Written by Park hyoung su | **Translated by** Sora Kim-Russell
Published by Asia Publishers | 161-1, Seodal-ro, Dongjak-gu, Seoul, Korea
Homepage Address www.bookasia.org | **Tel**. (822).821.5055 | **Fax**. (822).821.5057
First published in Korea by Asia Publishers 2014
ISBN 979-11-5662-043-3(set) | 979-11-5662-045-7(04810)